AF470107

CATALOGUE

DES LIVRES

COMPOSANT LES BIBLIOTHÈQUES

de M. LEFEUVE, homme de lettres

et de feu M. B***, juge de paix à Manosque

DONT LA VENTE AURA LIEU

Le Mardi 10 Juin 1862 et jours suivants

A 7 heures 1/2 du soir

rue des Bons-Enfants, 28, maison SILVESTRE

Salle n° 2

Par le ministère de Me DAUPELEY, commissaire-priseur
15, RUE DU HASARD-RICHELIEU..

PARIS

ANCIENNE MAISON SILVESTRE

CAMERLINCK, libraire (successeur)

RUE DES BONS-ENFANTS, 28

—

1862

CONDITIONS DE LA VENTE

Il y aura, chaque jour de vente, exposition de deux à quatre heures.

Les livres vendus devront être collationnés sur place, dans les vingt-quatre heures de l'adjudication. Passé ce délai, ou une fois sortis de la salle de vente, ils ne seront repris pour aucune cause.

Les ouvrages qui se trouveront incomplets ou atteints de graves défectuosités seront revendus. Les acquéreurs payeront, en sus du prix d'adjudication, 5 centimes par franc, applicables aux frais.

M. **Camerlinck,** libraire chargé de la vente, remplira les commissions des personnes qui ne pourraient y assister.

(Affranchir.)

Quantité de Lots à la fin de la dernière Vacation.

1397. — Paris, Imp. de Ch. Bonnet et Comp., 42, rue Vavin.

ORDRE DES VACATIONS

1re Vacation. — Mardi 10 juin 1862.

Théologie . . . . 1— 36
Mélanges . . . . 37— 44
Jurisprudence. . . . . 45—141
Ordonnances, Coutumes, etc. . . . . 142—164

2e Vacation. — Mercredi 11 juin.

Philosophie, etc. . . . . 165—188
Mélanges . . . . 189—230
Sciences naturelles, Botanique. . . . . 231—248
   Id. médicales . . . . 249—266
   Id. mathématiques . . . . 267—288
Appendice aux sciences . . . . 289—295
Arts, Beaux-Arts . . . . 296—336
Architecture . . . . 337—367

3e Vacation. — Jeudi 12 juin.

Musique et chasse. 568—577
Linguistique, auteurs grecs et latins. . . . . 378—425
Poëtes français et étrangers. . . . . 424—476
Sur le Théâtre. . . . . 477—503
Fictions en prose, Polygraphes. . . . . 504—561

4e Vacation. — Vendredi 13 juin.

Géographie, Voyages . . . . 562—588
Hist. des Religions. . . . . 589—637
Hist. ancienne. . . . . 658—659
Hist. de France. . . . . 660—704
Mémoires . . . . 705—723
Hist. de Paris. . . . . 724—731

5e Vacation. — Samedi 14 juin.

Hist. des Provinces. . . . . 732—778
Hist. étrangère . . . . 779—813
Noblesse, Antiquité . . . . 814—833
Hist. littéraire, Biographie, Bibliographie . . . . . . 834—865
Autographes. . . . . 866—873
Mélanges, Journaux, supplément. . . . . 874—à la fin.

CATALOGUE·

DES LIVRES DES BIBLIOTHÈQUES

DE MM. LEFEUVE ET B***.

THÉOLOGIE.

Écriture sainte. — Liturgie. — Conciles. — Saints-Pères, etc.

1. Action de Dieu sur les créatures. PARIS, 1714. In-4, vel.

2. **Arnauld** (Ant.). De la fréquente communion ou les sentiments des Pères, des papes, etc. PARIS, 1643, in-4, v.

3. Biblia sacra. COLONIÆ, ex off. Melch. Noveslani, 1541. In-fol. r. b. p. de tr.

4. Biblia sacra. Vulg. ed. LUGDUNI, Guil. Rouilli, 1620. In-4, r. vel.

5. Breviarium Versaliense. VERSAILLES, Ange, 1828. 4 vol. in-8, r. v., tr. dor. (Huit exempl., diff. reliures, qui seront vendus séparément.)

6. **Builber.** Sermones moralissimi. AVENIONE, Joh. de Channey, 1519. In-8, r. p. de d., carac. goth. (curieux).

7. **Camus** (Messire J.-P.). Premières homélies. PARIS, Cl. Chapellet, 1618. In-8, vel.

8. **Chais.** La sainte Bible, ou le vieux et nouv. Testament. LA HAYE, 1743. 6 tom. en 10 vol. in-4, rel. v. fil., tr., dor., fig. et portr.

9. **Columbi** (Jo.). Man. opuscula varia. LUGDUNI, J.-B. de Ville, 1668. In-fol., r. v.

10. **Colbert** (Ch. J.), évêque de Montpellier. Œuvres et lettres. COLOGNE, 1740. 4 vol. in-4, v.

11. **Corneille** (P.) Les quatre livres de l'Imitation de Jésus-Christ. ROUEN, 1656. In-4, r. m., br., fil., tr. dor., fig.

12. **David-Martin**. La sainte Bible, contenant l'anc. et le nouv. Testament. PARIS, 1820. In-8, dem.-rel., n. rog., papier vélin, dos et coins de maroquin.

13. **Desmarest** (Sam. et Henri). La Sainte Bible, contenant l'anc. et le nouv. Testament, trad. en franc., avec des notes. AMST., L. et D. Elzevir, 1669. 2 vol. in-fol., dem.-rel.

14. Dissertatio de Phœdone et 3 thèses sur l'immortalité de l'âme et sur le matérialisme. 1843 à 1857. In-8, dem.-rel., toile chag.

15. El Psalterio de David in vulgare, impresso a Venetia nel MCCCC.LXXVI, adi X de octobre. In-4, rel. bois, fers et coins ciselés en cuivre du xv⁰ siècle (Bel exemplaire).

NOTA. Ce psautier qui commence par un *Prologo del beato Iheronimo* porte en tête de chaque psaume un titre érudit et développé. Les 150 *psaumes* ont *tous* été marqués à la main d'une croix à l'encre qui va d'un angle à l'autre. A la fin de la dernière page est écrit avec de l'encre pareille à celle des croix : *Questo libro sia del quento de fea grata.*
— Livre vérifié par l'inquisition avec approb. et très-curieux.

16. Epistolæ Pauli, Petri, et Johan, Jacob. et Jud. — *Il*. Salomon. Prov., Eccles., Cant. cantic., Sapient., Ecclesiasticus. PARIS, de Marnef, s. d. In-4 rel., tranche ciselée (carac. **goth.**).

17. Esercizio del cristiano in Roma. M. SALVIONI, 1746. In-12, r. v., tr. dor., fil. dess. sur les plats, avec étui.

18. La Foy, l'Espérance et la Charité, etc. LIENGE, s. d. 2 vol. in-12, v.

19. **Lamennais** (L'abbé F. de). Essai sur l'indifférence en matière de religion. PARIS, 1818-1823. 4 vol. in-8, dem.-rel.

20, Livre d'église. In-8, r. m., tr. dor., pet. fers.

21. **Macigni** (C.). Trattato dell'ore canoniche. IN FIRENZE, Giunti. Cos., 1607. In-4, dem.-rel.

22. **Molinæi** (P.). De cognitione Dei tract. LUGD.-BAT., ex off. Elzeviriană, 1625. In-32, rel. m., fil. tr. dor.

23. Morale de l'Évangile. Paris, 1674. In-12, rel. maroq. r., fil. tr. dor.

24. **Nicole**. L'idée d'un évêque qui cherche la vérité. S. l. n. d. In-4, rel. v.

25. Novum Testamentum Græcum. Parisiis, Typ. reg., 1642. In-fol., rel. v., tr. dor., front. gravé. (Bel exemp.)

26. Octavarium Romanum a sacra Congregatione. Antuerpiæ, 1736. In-8, rel. v., dor. sur tr.

27. **Osorii** (H.). De gloriâ Lib. V. Flor., 1552. In-4, dem.-rel. vel.

28. Remontrances de fidèles, Lettres sur la confiance, et autres pièces réunies en in-4, v.

29. **Sa** (E.). Scholia in 'quat. Evangel. Lugduni, 1610. In-4, r. v., tr. dor., fr. gr.

30. **Sacy** (de). Nouveau Testament. Paris, Firmin Didot, 1849. In-8, rel. tr. dor.

31. **Savary**. Le Coran, précédé de la vie de Mahomet. Paris, 1821. 2 vol. in-8, br.

32. **Seguenot** (Cl.). De la sainte virginité : Discours trad. de saint Augustin. Paris, Camusat, 1638. In-8, rel. v., fil.

33. **Sibour**. Institutions diocésaines. Digne, 1845. 2 t. en in-8, dem.-rel.

34. Summa destructorum viciorum. — Nuremberg, Anthonius Koberger, 1496. In-fol. (Belle édition gothique, avec quelques lettres en couleur.)

35. **Theodoreti** Ep. Cyri. de pro. Orat. decem. Parisiis, Fr. Pelicanum, 1630. In-8, r. v,, tr. dor. fil. (Aux armes d'un cardinal.)

36. Thèses latines de théologie, de Evangelii naturâ ; Ecclesia non sitit sanguinem; de christianorum vexatione deciana. 1838 à 1854. In-8, dem.-rel.

Mélanges.

37. Ancien Testament, Réflexions chrétiennes. Ens. 11 vol. in-12, rel. v.

38. **Belzunce** (de). Œuvres choisies, recueillies par l'abbé Jauffret. Metz, 1822. 2 vol. in-8, br. (Portr.)

39. Inst. pastorales. — Doct. sur les Guer. mirac. — Hist. tirées
de l'Ec. — Homél. de St Chrysost. — Evang. et Epît. —
Vespéral.—Cath. du Concile de Trente. — Esd. Tob. Jud.
Esth., Job., les psaum. prov. Eccles. — La règle de saint
Benoît, etc. Ens. 19 vol. in-12 et in-18, r. v.

40. L'Ancien Testament. — Liberté et association de l'Eglise.
— Des Jésuites. — La Genèse. — L'Eloquence de la
chaire, etc. Ens. 30 vol. et broch. différents form.

41. L'Union ecclésiastique. — Lamennais, de la relig. dans
l'ordre pol. et civ. — Bref du pape Pie VI sur la const. civ.
du clergé. — Bossuy, doct. cath. sur la contr. —Censure
des 56 prop. de Lamennais, par les Ev. de Fr. — Exerc.
spir., J. N. S. Ignatii, etc. Ens. 9 vol. in-8 et in-12, br.

42. **Montalembert.** — Des Int. cathol. au dix-neuvième siècle.
— Bossuet, Œuvres (Avent), 1821. — Le Pécheur con-
verti. — Devoirs des curés, etc. Ens. 36 vol. in-8 et in-12,
r. et br.

43. Nouveau Testament. Mons, 1568. — Dupont, évêque de
Saint-Dié, ses œuvres pastorales, etc. Ens. 6 vol. in-8
et in-4, rel. et br.

44. Voyage au mont Liban. (Fig.). — Processions de l'Eglise.
— Sur la fréquente Com. — Concile de Trente. — Evan.
— Epît. — Psaumes, etc. Ens. 20 vol. in-12, rel. v.

JURISPRUDENCE.

*Droit de la nature et des gens, politique, civil, criminel,
français, maritime, étranger, canon ou ecclésiastique,
mélanges, etc.*

45. **Argentré** (d'). Rhed. in patr. Britonum Leges comm.
Parisiis, vid. Buon, 1640. In-fol., rel. v.

46. **Astruc** (Louis). Traité des peines des secondes noces. Toulouse, 1774. In-12, v.

47. **Bartoli.** Interpretum juris civilis Coryphæi. Basileæ,
1562, in-fol.

48. **Benoît** (X.). Traité de la dot. Grenoble et Paris, 1829.
2 vol. in-8, br.

49. **Berengarii**. Fern. IV. lib. V. Tolose, L. Yvernage, 1552. In-fol., r. v. (Fig.)

50. **Berthon** (G.). Decis. du Dr. civil canoniq. et franç. Lyon, 1740. In-fol. v.

51. **Bignonii** (H.) Marculfi Mou. al. que auct. form. veteres. Paris, 1665. In-4, rel. v. port.

52. **Bioche**. Journal de procédure civile et commerciale. Paris, 1838. 11 vol. in-8, br.

53. **Blackstone's**. Commentaries on the Laws and constit. of Engl. Lond., 1823. — Every man his own Lawyer. Lond., 1784. Ens 2 vol in-8, rel. et cart.

54. **Boerii** (D.-N.) Decisiones Burdegalenses. Phil.-Albert , 1611. In-fol. r. v.

55. **Bouchel** (L.). La Biblioth. ou Thresor du droict franç. Paris, 1629. 3 vol. in-fol. v.

56. **Buison**. Code. 2 vol. in-fol. r. P. de D. (Manuscrit du XVIIIᵉ siècle.)

57. **Cancerii** (Jac.) Var. resol. Juris Cæsarei. Turnoni, L. Durand, 1635. 2 vol. in-fol., rel. P. de D.

58. **Carré**. Lois de la procédure civile. Brux., 1825. 6 vol. in-8, dem.-rel.

59. **Castro** (de). Pauli consilia. Francofurti, Jo. Feyerab., 1582. In-fol., rel. v.

60. **Chabot**. Comm. s. la loi des successions. Brux., 1826. 3 vol. in-8, d.-rel.

61. **Chauveau**. Commentaire du tarif des frais. Paris, 1832. 2 vol. in-8, d.-rel. — *Id*. Code forestier. 1827. In-18, br.

62. **Clari** (Jul.) Recept. sent. opera omnia. Genevæ, Alex. Pernetus, 1625. In-fol., rel., P. de D.

63. **Cæpollæ** (Bart.) De Servitutibus. Lugd., 1660. In-4, r. vel.

64. **Cormis** (Franç. de). Recueil de consultations. — Journal des audiences. — Despeisses (Ant.). Ens. 3 vol. in-fol.

65. **Cormis** (Fr. de). Recueil de consultations sur diverses matières. Paris, 1735. 2 tom. en 1 vol. rel. v. portr.

66. Corpus Juris canonici. Lugduni, J. Pillehotte, 1613. 3 vol. in-fol., dem.-r.

67. Corpus Juris civilis, notis illustratum. LUGDUNI, 1662. 2 vol. in-4, rel. v.

68. Corpus Juris civilis coloniæ Allobr. GAMONETUS (STUS-), 1612. 5 vol. in-fol., dem.-rel.

69. Corpus Juris civilis romani, cum notis Gothofr. LUT.-PARISIORUM, A. Vitray, 1628. 2 vol. in-fol., v. m., fil., front. gr.

70. **Couarruvias** (Did.), à Leyva. Tol. Ep. seg. in var. civ. ac pont. jur. tit. LUGD., H. J. Junctæ, 1568. 2 tom. en 1 vol. in-fol., rel. vel.

71. **Couarruvias** (D.) à Leyva. Tol. Ep. seg. opera omnia. LUGD., Tinghi, 1574. 2 vol. in-fol., r. v.

72. **Cujacii** Opera. LUGD., J. Pillehotte, 1614. 4 vol. in-fol., dem.-rel.

73. **Daguesseau** (Œuvres de). Paris, 1779. 11 vol. in-4, rel. v.

74. **Delvincourt.** Cours de Code civil. PARIS, 1824. 4 vol. in-4, dem.-rel.

75. **Denisart** (J.-B.). Collection de la jurisprudence des parlements. PARIS, 1771. 4 vol. in-4, rel. v.

75 *bis.* **Domat.** Loix civiles. Droit public et Legum delectus. PARIS, 1771. In-fol., v.

76. **Duranton.** Cours du droit français suivant le Code civil. PARIS, Gobelet, 1825. 11 vol. in-8, br.

77. **Faber** (⸭.). In quat. lib. inst. Justiniani lectura. LUGDUNI, Fr. Fradin, 1534. In-fol., rel. vel., caract. goth.

78. **Ferrière** (C.-J. de). Traduction des institutes de Justinien. PARIS, 1719. 6 vol. in-8, rel. v. (Aux armes.)

79. **Foucard** (E.-V.). Eléments de droit public et administratif. PARIS, Videcoq, 1839. 3 vol. in-8, br.

80. **Fresne** (Jean du). Journal des principales audiences du parlement, 1623 à 1652. PARIS, Gervais Alliot, 1652. In-fol. r. v.

81. **Furgole** (J.-B.). Traité des testaments et autres dispositions de derniere volonté. PARIS, 1775. 8 vol. in-8, v. m.

82. **Gerando** (le baron de). Institutes de droit administratif français. PARIS, Nève, 1830. 4 vol. in-8, br.

83. **Gothofredi** (D.). Corpus Juris civilis Justiniani. LUGDUNI, J. Caffin, 1550. 2 vol. in-fol., r. v.

84. **Grenier**. Traité des donations des testaments. BRUX., 1826. 4 vol. in-8, dem.-rel.

85. Guidonis papæ decisiones.—*It*. E. St. D. A. S. Joen. à Sal. et de Montcuron. Decisiones. Ens. 2 v. in-4, rel. v.

86. **Guy Coquille** (Œuvres de). BORDEAUX, 1703. 2 vol. in-fol., v.

87. **Guyot**. Rép. de jurispr. PARIS, 1784. 17 vol. in-4, dem.-rel.

88. **Guzman** (de). A. de Evictionibus. In-fol., rel. v.

89. **Henris** (Cl.) et **Bretonnier**. Œuvres. PARIS, 1738. 4 vol. in-fol., v.

90. **Heringii** (Ant. et Jean) Opera. COLONIÆ-AGRIP., 1724. 2 vol. in-fol., r. v.

91. Journal des Audiences. PARIS, 1738. 4 vol. in-fol. Manque le tom. 1er. — Les œuvres de d'Espeisses. LYON, 1660. 3 vol. in-fol. Manque le tom. 1er. — Traité de l'abus, par Févret.

92. Journal du palais. PARIS, 1701. 2 v. in-fol., v.

93. **Justinien**. Des pandectes. METZ, Behmer, 18 05. 7vol. in-4, dem.-rel.

94. **Justinianus**. Corpus juris civilis Romani, cum notis D. Gothofredi. COLONIÆ, Cramer, 1756. 2 vol. in-fol. rel. v.

95. *Id*. Pandectæ Justinianeæ, in novum ordinem digestæ a Rob. J. Pothier. LUGD., 1782. 3 vol. in-fol., rel. v.

96. *Id*. Du digeste ou des pandectes [de l'empereur Justinien. METZ, 1804. 35 vol. in-12, dem.-rel.

97. *Id*. Institutes de Justinien, par Du Caurroy. PARIS, 1821-26. 4 vol. in-8, br.

98. **Kees** (Jo. Geor.). Ad Just. inst. imp. lib. IV. Comm. LAUSANNÆ, F. Grosset, 1769. In-4, r. v.

99. **Ledru-Rollin**. Journal du palais (jurisprudence administrative), de l'an VIII à 1846. PARIS, Patris, 1842-1846. 9 vol. gr. in-8, dem.-rel. (Très-bel exemplaire.)

100. **Ledru-Rollin**. Journal du palais (jurisprudence française), de 1791 à 1846. PARIS, Patris, 1841-1845. 36 vol. gr. in-8. dem. rel. (très-bel ex.).

101. **Legraverend**. Traités de la législation criminelle en France PARIS, Ch. Béchet, 1830. 2 vol. in-4, d. rel.

102. **Luca** (de). Sacræ rotæ Rom. dec. VENETIIS, ex typ. Balleoniana, 1734. 14 tom. en 8 vol. in-fol., rel. v.

103. **Macarel**. Des tribunaux administratifs. PARIS, 1826. In-8, broché.

104. Manuel des agents municipaux. — Crédit public. — Guide gén. des affaires.—Formulaires, etc. Ens. 11 vol. rel. et br.

105. **Mantica** cardinalis, vatic. Lucub. de tac. et amb. Conven. GENEVÆ, Phil. Albert, 1630. 2 vol. in-fol., rel. v.

106. **Mantica** (Fr.). Tract. de conjecturis ultim. volunt. LUGDUNI, Tardif (Ant.), 1581. In-fol., r. p. de d.

107. **Margaletus** (Cl.). Statuta aquensis curiæ. AVENIONE, ap. M. Vincentium, 1559. In-4, rel. vel.

108. **Massé**. Le parfait notaire. PARIS, 1821. 3 vol. in-4, rel. v.

109. **Menochii** (J.) Consilia; francofurti. A. Wecheli. 1584. 10 tom. en 4 vol. in-fol. dem. rel. p. de d.

110. *Id.* (J.) Opera omnia. LUGDUNI, Tinghi, Ph., 1576. 2 vol. in-fol., rel. p. de d.

111. *Id.* (Jac.) Com. depræsumptionibus. LUGDUNI, Steph. Michael, 1588. In-fol., rel. p. de d.

112. **Merlin**. Rep. de jurispr. PARIS, 1807-9. 13 vol. in-4, dem rel. Suiv. des questions de droit. 9 vol. in-4, dem. rel. *Id* Suppl. avec questions. 4 vol. in-4, dem. rel.

113. *Id.* Répertoire de jurisprudence. PARIS, Garnery, 1812-25. 17 vol. in-4, dem. rel.

114. *Id.* Des questions de droit. Table générale, P. Rondonneau. PARIS, Garnery, 1829-30. Ens. 10 vol. in-4, dem. rel.

115. **Merlinus** (Merc.). Tract. de Legitima. COLONIÆ, ap. Pet. Aubert, 1634. In-fol., r. p. de d..

116. **Molinæ** (Car.). Opera omnia. PARIS, 1625-85. 5 vol. in-fol., rel. v.

117. **Mornacii** (Ant.) Opera. PARIS, Sommaville, 1654-60. 4 vol. in-fol., rel. v.

118. **Mynsingeri** (J.). A. Frundeck apotelesma. LUGDUNI, 1691. In-4, rel. v.

119. **Pailliet** (J. B. J.). Manuel de droit français. PARIS, Desoer, 1826. Fort in-8, rel. v.

120. *Id.* Manuel des Codes français. PARIS, 1832. In-4, dem. rel.

121. **Papon** (J.). Les Trois notaires. LYON, 1599. 3 vol. in-fol., rel. v.

122. **Pauli** Castrensis in Digestum com.—*It.* in codic. com. LUGDUNI, 1585. Ens. 3 vol. in-fol., r. v. m.

123. **Péchart**. Modèles d'actes. PARIS, 1832. 2 vol. in-8, dem. rel.

124. **Perezi** (Ant.) Prælect., in 12 lib. C. Just. Col. allobr. Gosse. (H. Al.). 1740. 2 vol. in-4, r. v.

125. **Périer** (du). Remarques. S. d. 2 vol. in-fol.. rel. (manuscrit).

126. **Persil** (J.-C.). Régime hypothéc. et questions sur les priviléges. PARIS, 1820. 4 vol. in-8, br.

127. **Pigeau**. La procédure, comm. sur le Code de procédure civile. PARIS, 1827-29. 4 vol. in-4, dem. rel.

128. **Pothier**. Œuvres publ. par Dupin. PARIS, Bechet, 1824. 11 vol, in-8, br., portr.

129. **Proudhon**. Traité des droits d'usufruit. DIJON, V. Lagier, 1824. 9 vol. *Id.* Cours de droit franç., 1810. Ens. 11 vol. in-8, br.

130. **Rebuffi** (P.). Comm. in Const. LUGDUNI, 1554. — **Tiraquelli** (A.). Comm. in siunq. LUGDUNI, 1559. Ens. 2 vol. in-fol, rel, v.

131. **Ricard** (J.-M.). Traité des donations. PARIS, 1707. 2 vol. in-fol., v.

132. **Rolland de Villargues**. Des substitutions prohibées. PARIS, Hayet, 1821. In-8, rel., v.

133. **Sabelli** (M.-A.) Summa diversorum tract. PARMÆ, P. Monti, 1733. 8 tom. en 7 vol. in-fol., rel., v.

134. **Scacciæ** (Sig.). Tract. de Com. et Combia. COLONIÆ, vid. Wilh. Metternich, 1738. In-fol. rel., v.

135. **Syntægmæ**. Quœst. fori. 2 vol. in-fol., rel., p. de d. (manuscrit du XVIIIᵉ siècle)

136. **Terrasson** (Ant.). Histoire de la jurisprudence romaine. PARIS, 1750. In-fol., v.

137. **Tonduti** (de). San legerii quœst. et Res. Leg. lib. Duo. LUGDUNI, Borde (Ph.), 1659. In-fol., rel., v.

138. **Tonduti** (de) P. Fr. Tract. de prœv. judic. LUGDUNI, L. Arnaud, 1674.—*It.* de Pens. ecclesiasticis. Ens. 2 vol. in-fol., rel., v.

139. **Toullier**. Droit civil français. BRUXELLES, 1824. 14 vol. in-8, dem. rel.

140. **Vielle**. De la quotité disponible, 1855, etc. Ensemble. 5 vol. in-8, br.

141. **Zasius Brigantinus** (Ulr.). Catal. Log. antiq. LUTETIÆ, ap. Gul. Cavilla, 1555. Pet. in-12, rel., vél.

Ordonnances. — Coutumes. — Lois. — Arrêts. — Causes célèbres. — Plaidoyers. — Mémoires, etc.

142. **Bardet** (P.). Recueil d'arrêts du Parlem. de Paris, 1690. 2 vol. in-fol. v.

143. **Basset** (J.-G.). Plaidoyez. GRENOBLE, 1668. In-fol. v.

144. **Brillon** (P.-J.). Dict. des arrêts du Parlement de France. PARIS, 1727. 6 vol. in-fol. v.

145. Bulletin et Recueil des lois et ordonnances, etc. PARIS, 1793-1852. 112 vol. in-8. rel. et br.

146. **Dalloz**. Jurisprudence générale du royaume de 1835 à 60 incl. PARIS. 20 vol. in-4, dem.-rel. et 6 vol. br.

147. Décisions royales sur les principales difficultés de l'édit de Nantes. S. l. n. d. Pet. in-4, r. vel. (piq.).

148. **Des-Maison**. Rec. d'arrêts et règlem. du Parl. de Paris, 1667. In-fol. v.

149. **Duvergier**. Collection des lois, décrets, ordonnances et arrêtés de 1788 à 1860 incl. 59 vol. in-8 br.

150. Édits et ordonnances des rois de France, de François Ier jusqu'à Louis XIV. LYON, Sim. Rigaud, 1654. 2 tom. en 1 vol. in-4, r. v.

150 *bis*. **Guenois** (P.). Les conférences des ordonnances. PARIS, 1660, in-fol. v.

151. Lois et actes du gouvernement, août 1789 au 18 prairial an II, 1794. 8 vol. br. Bulletin des lois, depuis l'an II, 1794. Convention, 6 vol. cart. Directoire, 1795, 9 vol. cart. Consulat, 1800, 9 vol. cart. Empire, 1804, 20 vol. cart. Cent-Jours, 1815, 1 vol. cart. Louis XVIII, 1814, 22 vol.

cart. Charles X, 1824, 12 vol. cart. Louis-Philippe, 1830, 77 vol. cart. République française, 1848, 20 vol. cart. Empire français, 1853, 11 vol. cart. 1er et 2e semestre, 1856, 4 vol. br. Table générale et décennale, 1789.—1844. 6 vol. cart. Ensemble, 205 volumes in-8 cart. et br. (*Bel exemplaire.*)

152. **Louet.** Recueil d'aucuns notables arr. donnez en la Cour. PARIS, 1661. In-fol. v.

153. **Neron** (P.), **Girard** (E.). Recueil d'édits et d'ordonnance royaux. PARIS, 1740. 2 vol. in-fol.

154. **Papon** (J.). Rec. d'arrêts notab. des Cours souveraines de France. PONT-A-MOUSSON, 1608. In-4, v.

155. **Pastoret** (de). Des loix pénales. PARIS, Buissons, 1790. 2 vol. in-8, dem.-rel. cart.

156. **Peleus** (J.). Les plaidoyez de Maistre. Les actions de Forenses. PARIS, Huby, 1614. 3 vol. in-4, vel.

156 *bis*. Procès de Moreau-Pichegru, de Lacenaire, Laity, madame Lacoste, L.-N., assassinat de M. Péchard, etc.; ensemble 18 vol. et br. in-8. (*Curieux.*)

157. **Sirey**, **Devilleneuve** et **Carette**. Recueil général des lois et arrêts. PARIS, 1800-47. 43 vol. in-4, dem.-rel.; plus 4 vol. in-4, br.; pl. les Tables de 1800-40. 4 vol. in-4, dem.-rel. Ens. 51 vol.

158. **Sirey** (J.-B.). **Devilleneuve** et **Carette**. Recueil général des lois et des arrêts. PARIS, 1800-50 incl, 47 vol. in-4, y compris 2 vol. de tables, en dem.-rel. et br.

159. **Thaumas** (J.). Conf. des ordonnances et édits royaux. PARIS, 1627. 2 vol. in-fol. v.

160. Mélanges. Dict. du commerce, les Œuvres de Pothier, Code Louis XV, Code municipal, etc. Ens. 140 vol. in-12, rel. et br.

161. *Id.* Discussion du Code civil, par de Maleville. Les Pandectes, par De Laporte. Esprit du Code de commerce. Code civil de Dufour, etc. Ens. 115 vol. in-8, rel.

162. *Id.* Guides des maires. Institutes de Justinien. Sur l'abolition de la peine de mort. Procès, etc. Ens. 8 vol. et broch , diff. form.

163. *Id.* Le parfait négociant, jurisprudence suivant les lois romaines. Pigeau, Proc. civil. La preuve par témoin. Dict. de Ferrière. Ens. 65 vol. in-4, rel.

164. *Id.* Trait. des hypothèques et extr. des arrêts du Parl. Les
Œuv. de Ch. Loiseau. Les procès civils de Lebrun. Esprit
des lois. Trait. des minoritez. Bulletin des lois. Journal
du notaire. Message et proclamation du Directoire. Ens.
100 vol. in-4.

SCIENCES ET ARTS.

Philosophie. — Logique. — Métaphysique, etc.

165. **Borde** (Œuvres de). LYON, 1783. 4 vol. in-8, rel. v., portr.

166. **Cornutus** (L.-A.). De Naturâ deorum. GOTTINGÆ, 1844. In-8,
dem.-rel.

167. **Descartes** (R.). Les passions de l'âme. PARIS, Courbe, 1650.
In-12, v. fil.

168. **Dumoulin.** La philosophie mise en français et divisée en
- trois parties. PARIS, 1644, in-8, vélin.

169. **Du Vair** (Œuvres de Guillaume). PARIS, 1625. In-fol. v.

170. **Duval** (Ac.). Opinions politiques, phil. et mor. PARIS. La-
croix-Comon, 1854-56. In-8, br. (16 exempl.).

171. Enchiridion metaphysicum, per H. M. Cantabrigiensem.
LONDINI, Flesher. 1676. In-4, rel. v, fig.

172. **Erasmi** (Barth.). De naturæ mirabilibus. HAFNIÆ, Hau-
bold, 1674. In-4, rel. v.

173. **Erasmi** Adagiorum epitome, ex novissimâ chiliadum
recognitione excerpta. ANTVERPIÆ, ex officina Plantini,
1564. In-12, v. br. (bel exemplaire).

174. **Ferrand** (A.). L'esprit de l'histoire. PARIS, 1805. 4 vol.
in-8, br.

175. **Gellii** (A.) Noctium atticarum libri et Petri crinit. de ho-
nestâ disciplinâ. PARHISIIS, in œdibus Jodici Badii, 1519-
20. 2 tom. en in-fol., rel. v.

176. **Heinsii** (Dan.) Orationes. LUGD.-BAT. ap. Dan. Elzevirium,
1615. In-8, rel. vel.

177. **Heinsius**. De contemptu mortis, libri IV. LUGDUNI-BATA-

vorum , Elsevir, 1630, — *It*. Meursii. J. Fortuna attica. LUGDUNI-BATAVORUM, Basson. Réunis en in-4. rel. vel.

178. Justi Lipsi admirada sive de magnitudine romana. ANTUERPIÆ, 1605. In-4, dem. rel. Dans le même volume divers autres ouvrages. Nombreuses fig.

179. **La Bruyère**. Les caractères. PARIS. In-8, br. port.

180. **Marc-Antonin**. Réflexions morales, trad. p. Dacier. PARIS, Didot jeune, 1800. In-fol. cart. n. rog., fig. de Moreau jeune, avant la lettre.

181. **Ocellus Lucanus**. Sur l'univers, trad. p. d'Argens. PARIS, 1796. In-8, rel. v.

182. **Sacy** (de). Traité de la gloire, dissertation. LA HAYE, 1745. In-12, rel. v., tr. dor. fil.

183. **Saint-Simon**. Sa vie et ses travaux. PARIS, 1857. — Voltaire, Testamento politico, 1779. Ens. 2 vol. in-8, r. et br.

184. **Scoti**. (Joh. Er.). De divisione naturæ, libri v., Monasterii Guesphalorum, 1838. In-8, dem. rel.

185. **Senecæ**. Opera a Justo Lipsio emendata. ANTUERPIÆ, 1652. In-fol. m. rouge, fil. port.

186. **Speyert** (S.). Carmen de naturâ. Landt. J. Specimen medicum de ætate puerili. —Nievhoff, de arte bene moriendi. — Karsten Palingenesis en metempsychosis. LUGDUNI BATAVORUM, 1819. In-4, dem. rel. v.

187, **Therou** (abbé). Le christianisme et l'esclavage, trad. par l'abbé Simon de la Treiche. PARIS, 1841. In-8, dem. rel.

188. **Vossius** (Ger.). De quatuor artibus popularibus. *Id*. De veterum poëtarum temporibus; AMSTELODAMI. J. Blœu, 1650 à 1662. *Id*. De philosophorum sectis. HAGŒ-COMITIS, ad. Vlacq, 1667. Ens. 3 vol. in-4, rel. v.

Morale. — Politique. — Économie, etc. — Mélanges.

189. **Dunoyer** (Ch. B.). L'industrie et la morale. PARIS, Sautelet et comp., 1825. In-8, dem. rel.

190. Extrait des assertions dangereuses et pernicieuses en tout genre. PARIS, 1762. In-4, v.

191. **Huetz** (Lettre de) à monsieur de Segrais, de l'origine des romans. PARIS, 1678. In-8. v.

192. Les devoirs. Essai d'inst. moral. PARIS, 1812. 2 vol. in-8. rel. v., fil. port.

193. **Malebranche** (N.). De la recherche de la vérité, etc. PARIS, 1700. 3 vol. in-12, v.

194. **Mably.** Entretiens de Phocion. PARIS, l'an III. In-fol. cart. fig. de Moreau, avant la lettre.

195. **Vines.** Key to Keith's treatise on the globes. LONDON, Simpkin and co. In 8 rel. toile.

196. Al sup. tribun. del. sac. consulta Romana di Cospiraz, por la Cur. è fisco. Contra XIV carcerati et altri contumaci. ROMA, 1848. In-4., br.

197. Ami des hommes, ou Traité de la population. AVIGNON, 1756. 3 parties en in-4, rel. v.

198. **Aristote.** Sur l'esclavage. HAMBOURG, 1853. — Wallon. De l'esclavage dans les colonies, pour servir à l'histoire de l'esclavage dans l'antiquité. PARIS, 1847. — Jaarlijks een aantal. Sur l'émancipation des noirs, S'GRÆVENHAGE, 1844. In-8, dem. rel. toile.

199. **Brunetti.** Codice dipl. Tosc. FIZENZE, 1806. 3 vol. in-4 br.

200. **Ceba** (Ans.). Il cittadino di republica. GENOVA, Gius Pavoni, 1617. In-4, r. v.

201. **Commène** (N. S. de). Progrès social de l'Europe. PARIS, 1841. In-8, dem.-rel.

202. **Duboc** (Ed.). Connaissance des marchandises. PARIS, 1854. Gr. in-8 br.

203. **Fix** (Théod.). Obs. sur l'état des classes ouvrières. PARIS, Guillaumin, 1846. In-8, dem.-rel.

204. **Foy** (Le général). Discours. PARIS, 1826. 2 vol. in-8, br., portr.

205. **Lamennais** (L'abbé). De la religion considérée dans ses rapports avec l'ordre politique et civil. PARIS, 1825. In-8, rel. v.

206. La questione romana nel. assemb. franc. — Die drei Volker und die legitimiit. — Appel à la France. 1848-60. Ensemble 3 broch. in-8.

207. **Lézardière** (Mlle de). Théorie des lois politiques de la mon. franc. PARIS, 1844. 2 vol. in-8 br.

208. **Mac-Culloch**. Dictionary practical, theoret. and. histor. of commerce and com. navigation. LONDON, 1844. In-8 avec cartes, rel. toile, plats fr.

209. **Naveau**. Le financier citoyen. S. l., 1757. 2 vol. in-12., v. fil. (Dans le 1ᵉʳ volume se trouve une lettre m. s. de l'auteur.)

210. Prog. du minist. Sostegno. — Discorso dal conte Giov. Regis. — Réponse à M. de Cavour. Ensemble 3 broch. in-8.

211. The magazine of domestic economy. LONDON, 1838. 3 vol. in-8, cart.

212. **Theux** (Comte de). Rapport triennal sur la sit. de l'inst. prim. en Belgique. 1ʳ᷊ pér. trien., 1843. BRUXELLES, Em. Devroye, 1847. Gr. in-8, v. m. r., [tr. dor., fil. dess. sur les plats. t. 2.

213. **Vaines** (De). Diction. de diplomatique. PARIS, 1773. 2 vol. in-8, v.

214. **Viel-Castel** (Le comte Henri de). De la société et du gouvernement. PARIS, Treuttel et Würtz, 1834. 2 vol. in-8 br.

---

215. Amusement phil. sur le lang. des bêtes. — Pensées de J.-J. Rousseau. — *Id.* de Senèque. — *Id.* De Cicéron. — *Id.* de B. Pascal. — Maxim. de Larochefoucault. — *Id.*, tirées des poëtes latins. Ens. 9 vol. in-12, rel. et br.

216. **Charron**. De la sagesse, des passions, pensées et maximes. Elz., etc. Ens. 8 vol. diff. form.

217. Civilité franç.; — en caract.; — div. arr. de mort; — de la tranquil. de l'âme et autres. Env. 20 br. in-8.

218. Encyclopédie méthodique, dont : Econom. politique, — mathématiques, — finances, — physique, — jeux, — art milit., etc. Ens. 45 vol. in-4, cart., pl.

219. Littérature, philosophie, par Lamennais, Villemain et autres. Ens. 18 vol. in-8, rel. et br.

220. **Saint-Martin**. Recherches sur la mésène et la characène. PARIS, imp. roy, 1838. In-8, br. — Silvertop, a geological Skecth of the tertiary formation in the Spain. LONDON, 1836. In-8, dem.-rel. — *Id.* 2 broch. in-8. Ens. 4 vol.

221. Science sociale, catholicisme et démocratie, la loi au dix-
neuvième siècle, par Barbet. — Civilisation en France,
par Guizot, etc. Ens. 18 vol., diff. form., rel. et broch.

Sciences physiques et chimiques.

222. Abrégé d'un cours de chimie, suivant les principes de
Beker, de Boërhaave et de Stahl. PARIS, 1769. In-8. rel. v.
(Manuscrit.)

223. **Darcet.** Instruction relative à l'art de l'affinage. S. l., 1827,
In-4, br. planches.

224. **Brisson.** Dict. de physique. PARIS, an VIII. 6 vol. in-8 et
atlas in-4, rel.

225. **Libes** (Ant.). Traité de physique. PARIS, 1813. 3 vol.
in-8, rel.

226. Mémorial du chimiste manufacturier. PARIS, 1824. 3 vol.
in-8, br., fig.

227. **Millar.** Chimie appl. aux arts. PARIS, 1822. In-8, br.

228. **Pujoulx.** Minéralogie des gens du monde. PARIS, 1813.
Fig. — Dictionnaire de chimie, de minéralogie et de géo-
logie. PARIS, 1824, etc. Ens. 5 vol. in-8, rel. et br.

229. **Sallé.** Cours de chimie. PARIS, 1831. In-8, br.

230. Sur la physique, chimie, mathém., les beaux-arts, architecture de Palladio, de Vitruve, art militaire, métiers, etc.
Ens. 40 vol., diff. form., rel. et br.

Sciences naturelles. — Botanique. — Histoire naturelle.
Agriculture. — Mélanges.

231. **Aldrovandus** (U.). Opera comprenant : Ornithologia. —
De anim. insectis. — De reliq. anim. exang. — De pis.
cib. et cetis. — De quadrup. soliped. — Quadrup. omn.
bisulc. hist. — De quadrup. digit. vivip. et ovip. —
Serpent. et dracon. hist. — Monst. hist. omn. anim.—
Muscœum metal. — Dendrologia sive arb. hist. — Bo-
NONIÆ, 1599-1668. Ens. 13 vol. in-fol., rel. v., fr. gr.
(Port. fig.).

232. **Bomare**. Dictionnaire d'histoire naturelle. PARIS, La-
combe, 1768. 4 vol. in-4, rel. v.

233. **Buffon.** De la statique des Végétaux. PARIS, 1779. In-8,
rel. v. (Fig.).

234. **Delafond**. Maladie de sang des bêtes à laine. PARIS,
1843. In-8, br.

235. **Dubois.** Méthode pour connaître les plantes. PARIS, 1833.
In-8, br.

236. **Duhamel** (J.-B.). De Meteoris et fossilibus, lib. 2. PARISIIS,
P. Lamy, 1660. In-4, rel. v.

237. **Geoffroy Saint-Hilaire** et **Cuvier**. Histoire naturelle
des mammifères, avec des fig. originales enluminées.
PARIS, Firmin Didot, 1819-21. 35 livraisons, texte et
planches, rel. en 6 vol. in-fol., dem.-rel. n. rog.

238. **Huzard**. Des Haras domestiques. PARIS, 1843. In-8, br.

239. Le Jardinier François, dédié aux dames. AMSTERDAM,
1557. In-12, vel.

240. **Linnæi.** Car. Philosophia botanica. VIENNÆ, de Trattnern,
1783. In-8, rel. v. (Fig.)

241. **Millot.** L'Art de procréer les sexes à volonté. PARIS, s. d.
In-8, dem.-rel., avec planches.

242. **Monconys** (de). Voyages et descrip. de divers animaux et
plantes rares. — Plusieurs secrets inconnus pour le plai-
sir et la santé. — Les ouvrages des peintres fameux, etc.
LYON, 1666. 3 vol. in-4, rel. v.

243. **Sage**. Description méthodique du cabinet de l'Ecole royale
des mines. PARIS, Impr. royale, 1784. In-8, v. br.

244. **Saint-Germain** (J.-J de). Manuel des végétaux, etc.
PARIS, 1784. In-8, rel. v.

245. Scriptores rei rusticæ. BIPONTI, 1787. 4 vol. in-8, br.

246. Dictionnaire domestique. — Année champêtre. — Remèdes
de Mme Fouquet. — Art d'élever les vers à soie. — Théâtre d'agriculture. Ens. 9 vol., diff. form.

247. Hist. naturelle. — Jardinage. — Des Méduses. — Leçons
de flore, etc. Ens. 14 vol., diff. form., rel. et br. (Fig.)

248. Médecine pratique. — Manuel de botanique de Lebreton. —
Secrets et fraudes de la chimie, etc. Ens. 18 vol. in-8 et
in-12, rel. et br.

Sciences médicales.

249. **Ballexserd**. Dissertation sur l'éducation physique des enfants. PARIS, 1762. In-8, rel. maroq., fil. t. dor. (Ed. originale, rare.)

250. **Burano** (Jod. Lom.). De curandis febribus continuis. ANTV., Gul. Sylv., 1563. In-12, r. v.

251. **Celsi** (A. C.). De re medica. — Q. Sereni, liber de medicina. — Q. Rhemnii, Pannii, Palæmonis de ponderibus et mensuris liber; — in corn. Tacitiann. libros Æmil. Ferreti juriscons. Annotatiunculæ. LUGDUNI, Gryphium, 1542. In-8, rel. v.

252. **Congnard** (léfense du sieur), doct. méd. de la fac. de Montpellier, etc. AMST., 1646. In-4, r. v.

253. De l'homme et de la femme considérés physiquement dans l'état du mariage. LILLE, 1772. 2 vol. in-12, v. m., fig.

254. **Duncan**. Nouveau dispensaire d'Edimbourg. PARIS, 1826. 2 vol. in-8, br.

255. **Finizio** (Aur.). Manuale di Ostetricia Napoli. 1853. In-8, br.

256. **Fuchsium** (L.). Commentarii in Hippocratis Aphorismos, PARISIIS, 1545. In-8, rel. v.

257. **Galeni** Cl. Perg. aliquot opera. PARISIIS, Arn. Birckmann, 1550-1554. 3 tom. en 1 vol. in-4, rel. vel.

258. **Hippocratis** Coi. opera. BASILEÆ, Froben, 1558. In-fol., rel. v.

259. — Coacæ prænotiones. LUTETIÆ, Meturas, 1658. In-fol., rel. v.

260. **Kleinius** (D.-L.-G.). Interpres clinicus sive de Morborum. indole. AMSTELODAMI, 1769. In-8, rel., v.

261. **Roussel**. Système physique et moral de la femme. PARIS, 1775. — **Tissot**, Essai sur les maladies des gens du monde. PARIS, 1771. 2 vol. in-12, v. m.

262. **Salius**. Com. in lib. IV. Hippocratis de morbis. FRANCOFURTI, N. Bassœus, 1602. In-fol., rel., vél.

263. **Tissot**. L'Onanisme; suivi du poëme (Onan ou le tombeau du mont Cindre), par M. A. Petit. PARIS, 1856. In-12, br.

264. Almanach de santé. — Eaux minérales et div. Traités de phys. et médecine, etc. Ens. 8 vol. in-12 et in-18, rel. et br.

265. Médecine, chirurgie vétérinaire, hygiène, etc. Ens., 20 vol. et br. diff. form.

266. Sur la médecine et les médecins, sur l'oméopath. etc. 12 broch. in-8.

Sciences. — Mathématiques. — Mécanique. — Astronomie. Marine. — Art militaire, etc.

267. **Bertrand** (A.). Lettres sur les révolutions du globe. Notes par Arago, PARIS, Tessier, 1845. Rel., m. vert, tr. dor.

268. **Burja** (Ab.). Statik, hydrostatik, dynamik, hydraulik. BERLIN, 1792. — Algèbre de Lacroix (Allem.), 1811. — Analytische optik, 1842. Ens., 6 vol. in-8, rel. et br.

269. **Didiez** (J.). Cours complet de géométrie. PARIS, Bachelier, 1828. In-8, br.

270. **Leroy**. Du calcul mental et du cercle de Borda. PARIS, 1810. In 8, rel., fig.

271. **Montémont** (A.). Lettres sur l'astronomie. PARIS, 1838, 2 vol. in 8, br. pl.

272. **Montebruni** (Fr.). Ephemerides novissimæ mot. Cœlestium. BONONIÆ, 1640. In-4, rel., vel., fig.

273. **Ozanam**. Cours de mathématiques. PARIS, 1693. 5 vol. in-8, v., pl.

274. **Ozanam**. Récréations mathémat. et physiq. PARIS, 1694. 2 vol. in-8, v., br., fig.

275. **Study** of mathematics (arithmetic and algebra, trigonom , spher. trigon., algebr., géom.), ens. 21 liv. — Course of mathematics. In-8, rel. Ens., 22 liv, in 8.

276. **Cinuzzi**. La vera militar disciplina anti. e mod. SIENA, 1604. — It. **Priorato** (comte G.-G.), il guer. prud. e politic. VENETIA, 1640. Ens., 2 v. in-4, rel., v et vel.

277. Dictionnaire de marine, contenant les termes de la navigation et de l'architect. navale. LA HAYE, 1742. 2 tomes en 1 vol. in-4, v., m., fig.

278. **Erard** (J. de Bar-le-Duc). La fortification dém. et réd. en art. PARIS, 1620. In-fol., cart., fig.

279. Extrait du Journal d'un officier de la marine de M. le comte d'Estaing. 1782. In-8, rel., v., port.

280. **Fer** (de). Introduction à la fortification. — Collection de cartes et plans de villes et chât. fortif. In-4 oblong, rel. vel.

281. **Grison** (l'écurie du sieur Fédéric). gentil homme ; Napol. à Tournon ; Claude Michel. 1589. In-4, rel. vel., fig.

282. Règlement concernant les uniformes des généraux et officiers des états-majors des armées de la république française. S. l. n. d. In-4, dem.-rel., planches.

283. **Remigio**. Orationi militari. VINEGIA, 1585. In-4, rel. v.

284. **Tarducci** (Achille). Discorsi delle machine ordinanze et quartieri antichi et moderni. Aggiuntovi le fattioni occorse nell' Ongaria vicino a Vaccia nel 1597, fatte del sig. Giorgio Basta. VENETIA, 1601. In-4, cart., fig.

285. **Tensini** (il Caval. L.). La fortificatione ; Guar. dif. et Esp. delle fortezze. In VENETIA, 1624. In-fol. rel. vel., nombreuses planch. et cart.

286. **Theti** (C.). Discorsi del. fortification., etc. In VICENZA, 1619. In-fol., rel. vel.

287. Ecoles normales. Séances recueillies par des sténographes et revues. PARIS, 1800 à 1801. 13 vol. in-8, br.

288. Mathématiques, optique, géométrie, etc. Ens. 11 vol. italien et anglais, rel. et br. diff. form.

Appendice aux sciences. — Mélanges.

289. **Argens** (D'). Lettres cabalestiques. LA HAYE, 1769. 7 vol. in-12, rel. v.

290. **Dumoulin** (P.). Accomplissement des prophéties. GENÈVE, 1660. In-12, vél. (Manq. un feuillet à la préface.)

291. **Holbac** (Baron d'). Le Bon sens, ou idées naturelles opposées aux idées surnaturelles. LONDRES, 1774. In-8, v. m.

292. **Indagine** (Joanne). Introductiones apotelésmaticæ elegan-

tes in chiromantiam, physiognomiam, astrologiam natu -
ralem, complexiones, etc. FRANCOFURTI, 1549. Pet. in-8,
rel. bois, fig. s. bois.

293. Mémoires sur différents sujets, sur la philosophie naturelle.
PARIS, 1807. In-8, dem.-rel.

294. Précis historique de la franc-maçonnerie. — L'oracle pour
1840. — La sorcellerie. — Catéchisme des francs-maçons.
Fig., etc. Ens., 5 vol., rel. et br.

295. **Valentin** (Frèr.-Basile). Azoth, ou le Moyen de faire
l'or caché des philosophes. Les douze clefs de philosophie.
PARIS, Pierre Moët, 1860. 2 tom. réunis en in-8, rel. v.,
fig. sur bois.

*Arts. — Beaux-arts. — Peinture. — Estampes. — Tapis-
series. — Albums et ouvrages à figures. — Portraits. —
Costumes. — Arts et métiers. — Catalogues, etc.*

296. Albums photographiés et gravures, environ 100 planches.

297. Album d'oiseaux et quadrupèdes. In-8, d.-r.

298. Catalogue de tableaux, dessins (une liasse).

299. Catalogues de dessins, estampes et tableaux. 40 br. in-8.

300. Collection de gravures hist. et portraits. In-8, cart.

301. **Daumier et Gavarni**. M. Coquelet et divers sujets fantas-
tiques. Album de 24 pièces color. In-fol., dem.-rel.

302. — Les Coulisses.—Le Carnaval. — Ce que parler veut dire.—
Croquis d'expressions. Album de 50 sujets coloriés. In-folio., dem.-rel.

303. **Daumier**. Robert-Macaire. Album de caricatures coloriées,
50 sujets. In-fol., dem.-rel.

304. **Denon** (Vivant). Notice sur Gérard Audran, ou recherche sur la gravure sur bois. S. l. n. d. In-fol., dem.-rel.,
fig. sur bois.

305. Ess. sur la peint. sur verre; — sur la peint. flam.; — sur la
grav. sur bois; — sur les tap. des Gobelins; — sur les
modes franç., etc. Ensemble, 13 vol. et br. in-8.

306. **Diderot et d'Alembert**. Encyclopédie. GENÈVE, 1778.

36 vol. — Recueil de planches. NEUFCHATEL., 1779. 3 vol. — Table. LYON, 1780, 6 vol. Ensemble, 45 vol. in-4, rel. v. (bel exemplaire).

307. **Dubos** (L'abbé). Réflexions critiques sur la poésie et sur la peinture. PARIS, 1740. 3 vol. in-12, v. m.

308. **Florian**, par Grandville. Album in-4, fig., bonnes épreuves.

309. **Gori**. Musæum florentinum exhibens insigniora vetustatis monumenta quæ Florentiæ sunt in thesauro mediceo, cum obs. FLORENTIÆ, 1731-66. 8 vol. in-fol., fig., vel. Savoir : statues, 1 vol.; médailles, 3 vol.; portraits des peintres, 4 vol. (bel exemplaire).

310. Gravures pour les Œuvres complètes de J.-J. Rousseau. Éd. en ff. Dalibon, 1827.

311. Gravures de piété. 300 feuilles in-fol. en 1 lot.

312. **Gravesande** (S'). Essai de perspective. ROTTERDAM, G. Fritchst, 1717. — *Id.* Essai sur la peint., sculpt. et arch. Ensemble, 2 vol. in-12, rel. et cart.

313. **Hamilton** (Gavianus). Schola italica picturæ, sive selectæ quædam summorum e schola italica pictorum tabulæ ære incisæ. ROMÆ, 1773. Gr. in-fol., rel. veau fauve, tr. dor., 40 fig. (Bel exempl.)

314. **Jubinal** (Achille). La Armeria real, ou Collection des principales pièces d'armes anciennes de Madrid, dessins de M.-C. Sensi. Frontispice, lettres ornées, culs-de-lampe. PARIS, 1839. In-fol., dem.-rel. v. (Bel exempl.)

315. — Les anciennes tapisseries historiées, ou Collection des monuments les plus remarquables de ce genre qui nous sont restés du moyen âge, à partir du onzième siècle jusqu'au seizième inclusivement, grav. d'après les dessins de V. Samson. PARIS, 1838-39. Gr. in-fol., cart. (123 pl.) (Bel exempl.)

316. **Keepsake.** Portraits des hommes utiles. PARIS, 1842. In-8, m., tr. dor., dess. sur les plats.

317. **Krauss** (graveur). Tapisserie du roi où sont représentés les quatre saisons, avec les devises qui les accompagnent et leur explication. AUGSBOURG, 1690. In-fol. cart., fig. grav., texte français et allemand.

318. **Krausse** (Jean-Ulrich). Heilige aügan und gemüthslüst. AUGSBOURG, 1706. In-fol., rel. v. m., (120 pl.) (Bel exem.). ou histoire de la Bible, représentée en figures avec explication en vers allemands.

318 *bis*. La Suisse en miniature, by Frederic Shoberl. London, s. d. In-18, dem.-rel. (16 fig. coloriées.)

319. **Le Blanc** (Ch.). Manuel de l'amateur d'estampes, précédé de cons. sur l'hist. de la gravure, etc. PARIS, Jannet, 1850-57. 9 livraisons in-8, br. (De 1 à 9.)

320. **Leclerc** (Sébastien). Traité de géométrie. PARIS, 1774. In-8, rel. v. (Fig.)

321. **Lerebours**. Traité de photographie. PARIS, 1846. Gr. in-8, br.

322. Mnémonique (Traité complet de), ou Art d'aider et de fixer la mémoire. LILLE, 1808. In-8, dem.-rel. (Quant. de fig.)

323. **Mor cornet** (Balt.) et **Daret** (P.) Les vrais pourtraits des roys de France, depuis Pharamonds jusqu'à Louis XIV, et autres seigneurs et princesses, etc. PARIS, 1652. (Env. 200 pl. en in-4, rel. v.) (Bonnes épreuves.)

324. **Livre d'heures persan**. Pet. in-4, rel. ancienne, incrust. dor. s. les plats. (Manuscrit curieux, pour la grande quantité de figures, encadrements, bordures en arabesques, rehaussé d'or et de couleurs. Bel exemplaire.)

325. **Perrault**. Le Cabinet des beaux-arts, Recueil d'estampes, gravées d'après les tableaux d'un plafond où les beaux-arts sont représentés avec l'explication de ces mêmes tableaux. PARIS, 1690. In-4 obl., rel. v., jol. fig.

326. Pierres gravées antiques. 39 pièces montées, dessinées par Wicar.

327. **Primisser** (J.). Cabinet de curiosités d'Ambras en Tyrol. INSPRUCK, J. Wagner, 1777. In-8, rel. v.

328. **Redouté**. Les Roses réunies en in-8, dem.-rel., pl. color.

329. **Roux** (P.). Manuel du bijoutier. Dutens, des pierres fines. Berry; des monnaies. Ensemble, 3 vol. in-12, br.

330. **Reynolds** (J.) Discours prononcés à l'Acad. royale de peinture de Londres. PARIS, Moutard, 1787. In-8, rel. vel.

331. **Titiano**. Notomie. 17 planches d'anatomie. In-fol., fr. gr.

332. Usage des statues chez les anciens. BRUXELLES, 1768. In-4, rel. v. pl.

333. Vita activa. PARIS, 1634. In-4 obl., rel. v., fig, représ. les vies des Pères du désert.

334. Vues de Rome. Album in-4, br.

335. **Winckelmann.** Histoire de l'art chez les anciens. PARIS, Saillant, 1766. 2 vol. in-8, rel. v. m. fig. — *It*. Catalogue d'une préc. collect. de pierres gravées prov. du cabin. de M. de Villeneuve.

336. **Zonca** (Vit.). Nuovo teatro di machine, opera necessaria agli architecti. PADOVO,' 1607. In-4, fig. — (Curieux.)

Architecture. — Travaux.

337. **André.** Mémoire sur la reconstruction de 10 coupoles des petites écuries à Versailles.' PARIS , an XII. In-4, broché. Planches.

338. **Aviler** (A. T. d'). Cours d'architecture qui comprend les ordres de Vignoles, fig. et descriptions de ceux de Michel-Ange. PARIS, 1738. In-4, v. (Manquent 2 planches.)

339. **Barozzi** (J.) de Vignole. Œuv. compl. publ. par Lebas et Debret. PARIS, Didot, 1815. Gr. in-fol., dem.-rel. m. bleu, 78 pl.

340. **Blondel** (F.). Cours d'architecture. PARIS, 1675. 3 part en 2 vol. in-fol., rel. v., fig.

341. **Boistard** (Ch.). Expériences sur la main-d'œuvre de différents travaux, etc. PARIS, 1804. In-4, br.

342. **Bullet.** Architecture pratique. — Buchotte; Règle du dessin et du lavis. 2 vol. in-8, rel. v., fig.

343. **Capra** (Aless.). Nuova architet. famigl. BOLOG., 1678. — Vitruvii (M.). De Archit., lib. x. S. d. 2 vol. in-8, r. v. et vel., fig.

344. **Cipriani Gio Battista.** Monumenti di Fabbriche antiche estrati dai disegori dei piu celebri autori. ROMA , 1796. 3 vol. in-4, dem. rel., gr. nombre de planches.

345. **Descriptions of the plates fresco**, décorations and Stuccots of churches and palaces in Italy by Lewis Grüner, LONDON , Murray, 1844. In-4, br. avec un atlas de planc. Gr. in-fol. color. (Bel exemplaire.)

346. **Detournelle.** Architecture nouvelle. PARIS, 1805. 2 parties en feuilles, in-4.

347. Ordres d'architecture et recueil de plans. *Id*. Géométrie descriptive de Lacroix. Ens., 2 vol. in-8, br.

348. **Roland le Virloys** (C. F.). Dictionnaire d'architecture civile, militaire et navale. PARIS, 1770. 3 vol. in-4, rel. v..
fig.

349. **Rome** moderne (Édifices de), par P. Letarouilly. PARIS,
Didot, 1840. In-4, br., et atlas in-fol. de 114 pl. dem.-rel.,
dos et coins m. bleu, n. rog.

350. **Rondelet** (Jean). Traité théorique et pratique de l'art de
bâtir. PARIS, 1802-1817. 8 vol. in-4, cart. ; 210 planches.

351. **Javal** (L.). Architecture française des bâtiments particu-
liers, suivie de mémoires pour servir à certains articles
de la coutume de Paris, par Blondel. PARIS, 1673. In-8,
rel. v.

352. Travaux de maçonnerie, publ. par la chambre syndicale.
1847. In-4, br.

353. Traité de perspective. 1860. In-4, cart. fig.

354. **Valadier** (G.). Raccolta di varie fabbriche ed altri oggetti
d'arte. ROMA, 1833. In-fol., dem.-rel., n. rog., fig.

355. **Vitruvii** (P.). De architecturâ lib. decem. LUGDUNI, ap. Jo.
Tornarium. In-4, rel. vel., fig. fr. gr.

**Plans, costumes et blasons des cités, villettes et
châteaux des quatre parties du monde au XVI⁰ siècle ; fig. coloriées.**

356. — **Afrique.** Tanger, Tzaffin, Septa, Arzilla, Saia, Anfa ou
Anaffa, Azaamurum. Ens., 7 pièces en 2 feuilles.

357. **Allemagne.**—Brunswick, Lunebourg, Brême, Lubeck, Ham-
bourg, Weimar, Jena, Gotha, Cassel, Marbourg, Prague,
Dresde, Leipsig, Magdebourg, Bâle, Zurich, Fribourg,
Strasbourg, Spire, Worms, Nuremberg, Ulm, Salzbourg,
Wittenberg, Francforts-sur-Oder, Francfort-sur-Mein,
Trèves, Coblentz, Mayence, Cologne, Augsbourg, Vienne,
Munich, Nordlingue, Ratisbonne, Bonn, Clèves, Wissen-
bourg, Bade, Colmar, Hall, Basle, Constance, Inspruck,
Nuremberg, Dantzick, Halberstadt, Kœnigsberg, Riga,
Salzbourg, Trente, Hambourg, Tubinge, Breslaw, Stettin,
Rostoch, Lunebourg, Sarrebourg, Znaim, Polm, Praga,
Villembourg, Ramberg, Hailbrum, Mulhouse, Nissa,
Penig, Eisenstadt, Mannersdorf, Brilnn-Ens, Schlos-
berg, etc. Ens , 167 pièces en 94 feuilles.

358. **Angleterre, Écosse et Irlande.**—Excester, Chester, Can-
tuarbury, Cambridge, Brighton, Edinbourg, Londres,
Norwich, York, Schrewsburg, Lancaster, Richmond,
Dublin, Galwaye, Lymerick, Corke, Oxford, Windsor.
Ens., 20 pièces en 12 feuilles, avec costumes indigènes.

359. Danemark, Suède et Norvége. — Uranibourg, Bergen, Heide, Meldorp, Ekelenford, Fionie, Lunden, Helsheborch, Elbogen, Landeskron, Flensbourg, Itzohoa, Ségéberg, Husem, Nadersleben, Le Sund et Elseneur; Carte des duchés de Schleswig et Holstein, Tubinge, Ploën, Tondereu, Eutin, Stockholm, Kyell, Krempe, Rypen, Copenhague. Ensemble, 33 pièces en 23 feuilles, avec costumes indigènes.

360. Espagne et Portugal. — Coïmbre, Cadix, Séville, Saint-Jean-d'Alfarache, Palacios, Cabeças, Artame, Zahra, Grenade, l'Alhambra, Tolède, l'Escurial, Cordoue, Séville, Marchéna, Orchuna, Lisbonne, Malaga, Valladolid, Barcelone, Saint-Sébastien, Burgos, Alhama, Antequora, Conil, Xerès, Bilbao, Santander, etc. Ensemble, 60 pièces en 33 feuilles, avec costumes nombreux.

361. France. Metz, Rouen, Chartres, Châteaudun, Grenoble, Romans, Nanci, château de Saint-Germain-en-Laye (c'est le château neuf d'Henri IV très-bien représenté et décrit) château de Fontainebleau, Tours, Angers, Lyon, Vienne, Saintes, Châlons, Mâcon, Autun, Nevers, Calais, Bar, en 1617, Montlhéry, Poitiers et la pierre levée, Orléans, Blanmont, en Lorraine, Besançon, Blois, Avignon, Marseille, la Rochelle, Orléans (2e vue), Bourges, Lyon (2e vue), Rouen (2e vue), Nîmes, Bordeaux, Montpellier, Tours '2e vue), Poitiers (2e vue), Paris. Ensemble, 39 pièces en 25 pièces. (Curieux.)

362. Hongrie, Croatie et Transylvanie, Cassovie. Bude, Castanoviz, Coleswar ou Clausenbourg, Presbourg, Rab, Bude ou Ofen (2e vue), Grann, (2 vues), Owar, Vizzegrad, Comorn (2 vues), Gros-Wardin, Zaros, Palanka, Saint-Nicolas, Petrina (2 vues), Papa, Thata, Zolnok, Agria ou Erla. Ens., 23 pièces en 19 feuilles.

363. Indes orientales et occidentales. Aden, Monbaza, Quiloa, Cefala, Calicut, Ormus, Canonor, Saint-Georges ou Mina, Mexico, Cusco, Diu, Goa. Ens., 12 pièces en 4 feuilles.

364. Italie, Sicile, Dalmatie. Rome antique, plan d'après les vestiges et l'histoire, Rome antique (2e plan), Milan, Venise, Gênes, Florence, Rome, Ancône, Naples, Parme, Sienne, Palerme, Drepani, Messine, Calaris, Malta, Mantoue, Pouzzoles, Baies, Sibeniche, Istrie, Candie, Corfou (le bazar), Verone, Pezaro, Orvieto, Lorette, Tivoli, Blitri, ou Velitra, Terracine, Castelnovo, Lucques, Seravalli, Rimini, Bologne, Pérouse, Urbin, Sulmo, Palerme, Ostie, église Saint-Marc de Venise, palais du Sénat (incendie),

Caparola (château et jardin Farnèse), Fondi, Aquapen-
dente, Tarvis, Noxera, Castelnovo, Naples et le Vésuve
vu du Pausilippe, Calatia (Caiazzo), Gallipoli, Palma, Ca-
tane, Pavie, Novare, phare de Messine, Tricarico, la Sol-
fatare, lac Agnia ou Averne, Baia. Vicence. Ens., 63 pièces en 48 feuilles.

365. **Pays-Bas**. Maestricht, armoiries des familles du Hainaut,
Arras, l'Écluse, Douai, Lille, Nimègue, Munster, Osna-
bruck, Wesal, Aix-la-Chapelle, Wesel, Sneck, Cambrai,
Staveren, Zulphen, Amesfort, Rotterdam, Gouda, Tsheor-
togenbosch, Delft, Enchuse, Namur, Deventer, Campen,
Swoll, Lecvwaerden, Franicker, Hesdin, Béthune, Saint-
Omer, Tournai, Alost, Lier, Dordrecht, Marienbourg, Chi-
may, Walcourt, Charlemont, Landrecies, Avesnes, Beau-
mont, Valenciennes, Mons, Limbourg, Arnheim, Vanloo,
Ruremonde, Luxembourg, Flessingue, Herdermyet,
Amsterdam, la Haye, Ostende, Liége, Bruxelles, Gand,
Bruges, Anvers, Groningue, Ypres, Dunkerque, Dor-
drecht, Leyde, Harlem, Middelbourg, Nimègue, Embden,
Louvain, Berg op Zoom, Tisna, etc. Ens., 99 pièces en
76 feuilles.

366. **Pologne, Lithuanie et Moscovie, Cracovie.** Cracovie
(grand plan), Vilna, Moscou, Grodna, Zamoscium,
Przemizsl, mons Calvariæ à Cracovie, Grosno, Posnanie,
Varsovie, Lublin, Leopolis, Sandomir, Biecz, Moscou
(2e plan), Lowicz. Ens., 17 pièces en 15 feuilles.

367. **Turquie.** Jérusalem, Constantinople, environs de Jérusalem, le Caire, Rhodes, Chypre, Jérusalem, Medon, Da-
mas, Alexandrie, Tunis, Aphrodise, Alger, Chio. Ens.,
16 pièces, en 13 feuilles. (Curieux.)

Musique et chasse.

368. Livre de plain-chant pour diverses fêtes, avec formules à
recevoir les confrères et sœurs à la confrairie instituée en
l'hospital de Joinville. — Manuscrit du dix-septième siècle. sur vélin. In-fol., r. v. Lettres et figures ornées et en
couleur.

369. Partitions pour orchestres des pièces jouées au théât. du
Pal.-Royal, app. à M. Grassot. Env. 50 parties.

370. Partitions, sonates et chants. Un fort lot.

371. **Rossini, Bellini,** etc. Chants. 2 vol. in-fol. obl., dem.-rel.

372. **Rousseau** (J.-J.). Dict. de musique. PARIS, Dalibon, 1826. In-8, br.

373. **Scarlatti** (Chansons italiennes mises en musique par le sig.). Manuscrit in-4 obl., vél.

374. **Thiébault**. Gal. du chant et particulièrement de la romance, de la danse, principe de mélodie et d'harmonie, exposé raisonné des principes de la musique, etc. Ens., 6 vol. et br. in-8.

375. Una Cosa rara, dramma. Gioc. in 2 Atti Comp. dal. sig. Vinc. Martin. 2 vol. in-4 oblong, r. m., fil., tr. dor.

376. **Castellamonte** (il conte Amedeo di). Venaria reale. Palazzo di piacere e di caccia ideato dall' A. R. di Carlo Emanuele Duca di Savoia, disegnato e descritto l'anno 1672. TORINO, 1674. In-4, fig., v.

377. Ruses (les) innocentes dans lesquelles se voit comment on prend les oiseaux passagers et non passagers et plusieurs sortes de bêtes à quatre pieds, etc., par François Fortin, religieux de Grammont. AMSTERDAM, 1695. In-8, fig., vél. (Bel exempl.)

BELLES - LETTRES.

Linguistique. — Poëtes et auteurs grecs, latins et italiens. — Mélanges.

378. **Amar.** P. Virgilii Maronis opera. PARISIIS, Lefebvre, 1826. 2 vol. in-18, rel. m., fil., tr. dor., portr. (Très-bel exemplaire.)

379. **Biondelli** (B.). Studii Linguistici. MILANO, Gius. Bern. di Gio. 1856. In-8, br.

380. **Budœi**. Lexicon græcum. 1523. In-4, dem.-rel.

381. **Calepini** (Amb.). Dictionarium. LUGDUNI, Ph. Tinghi, 1578. In-fol., rel. v.

382. Collectio Pisaurensis omnium poematum, carminum, fragment. latino. PISAURI, 1766. Ex Amatina chalcogr. 6 vol. in-4, br.

383. Dictionn. des mots dont la sig. n'est pas fam. — Gramm. ital. — *Id*. Hébraïque. — Div. livres d'éducat., etc. Ens., 12 vol. in-12, rel. et br.

384. Du style et des variations de la langue française. 8 vol. et br. in-8.

385. Elucidarius carminum et historiarum vel vocabularius poeticus, etc. 1509. In-4, rel. en bois, P. de tr., caract. goth., rel.

386. **Joviani** Opera. BASILEÆ, 1538. 3 vol. in-8, dem.-rel.

387. **Noel** (Fr.). Dictionnaire latin-français. PARIS, 1824. In-8, cart.

388. **Trévoux**. Dictionnaire universel franç.-lat., avec suppl. PARIS, 1743-52. 7 vol. in-fol. v. (Bel exempl.)

389. **Antimachi** Colophonii reliquiæ. LONDINI, Bohn, 1838. In-8.

390. **Aristelis** Opera, per Des. Eras. BASILEÆ, Jo. Beb, 1531. In-fol., rel. v. (2 tom. en 1.)

391. **Astius** (D.-F.). Les caractères de Théophraste, texte grec avec des notes très-étendues. LEIPSICK, 1816. In-8, dem.-rel., toile.

392. **Catullus**, Tibullus et Propertius. PARISIIS, Barbou, 1782. In-12, br., fr. gr.

393. **Cicéron**. Les offices. PARIS, 1692. In-8, rel. v.

394. **Ciceronis** Opera. LUGDUNI-BATAVORUM, Elze., 1642. 10 vol. pet. in-12, portr., rel. v., fil. (Piqûres de vers.)

395. — Rhetor. ad heron., lib. 4. — *It.* de invent., lib. 2. LUGDUNI, ap. Gryphium (Ant.), 1579. — *It.* Rhet. Post. Tom. contin. de orat.: Brutus; Top.; orat. part. LUGD., Gryph., 1581. 2 tom. en 1 vol. in-12, r. v., tr. dor.

396. **Cornuti** (L.-A.). In A. Perfii Satyras commentum. PICTAVIS, E. Marnesium, 1563. In-4, dem.-rel.

397. **Curtio Gonzaga**. Il fido Amante. MANTOVÆ, 1582. In-4, dem.-rel.

398. **Dawesii** Ricardi, misiellanea critica, cum notis Thomæ Kidd. CANTABRIGÆ, 1817. In-8, dem.-rel. v.

399. Dissertations et thèses latines et allemandes sur divers ouvrages latins, 1824 à 1848. In-4, dem.-rel. m.

400. **Erasme**. Isocrate, Plutarque, texte latin, BASILÆ, 1519. In-4, rel., v., fr. gr.

401. **Filon, Q. Horatii** (Flacci). Opera omnia. PARISIIS, Sautelet. In-32, rel. m., tr. dor., fil. Edition microscopique (bel exemplaire).

402. **Fratta** (G.). La Malteide Tigliamochi (donna. B.) Ascanio errante. Ens., 2 vol. in-4, d. v.

403. **Garopoli** (Girol), il Carlo magno. — Urbinate (Gio. Leo, Sempr.) il Boemondo. 2 vol. in-12, rel. vel. et d. rel.

404. **Lucretii** cari de rerum natura libri VI. A Dion Lambino nostroliensi. LUTETIÆ, 1570. In-4, rel. vel.

405. **Lydus** (Joan. Laur. Phil.). De mensibus, avec la traduction du grec en latin, par Hase et Creuzer. — *It*. Hermès, trismégiste, grec. — *It*. Valens Antiochenus, grec. LIPSIÆ et DARMSTADT. 1827. In-8, dem. rel., toile.

406. **Manutii** (Paul). In Ciceron. orat. comment. VENETIIS, ap. Aldum. 1578 In-fol., cart.

407. **Méléagre**. Ses poésies en grec, avec traduction latine ; Hymne de Cléanthe à Jupiter, avec traduction allemande. — IÉNA, ex officina Crœcberianâ, 1789. In-8, cart.

408. **Œtoli** (Al.). Fragmenta Heimbach de basilicorum origine ; Roulez, 5 fascicules de philologie ; Mémoire sur la vie et les écrits de Sgravesende, etc. Ens., 12 brochures in-8.

409. **Ovidii** Metamorphoseos cum commentariis. VENETIIS, B. de Bondonibus, 1540. In-4, cart., fig. sur bois.

410. **Plutarchi**. Commentarius quomodo adolescens poetas audire debeat. Emendatus operâ Jo. Tob. Krebsii. LIPSIÆ. C. Fritsch, 1779. In-8, dem. rel.

411. **Q. Horatius** (Flaccus). LUGDUNI, 1561. In-4, v., avec encadrement, tr. dor. (bel exemp.).

412. **Sannazari** (Opera). — *It*. Huetii, Fraguer, Olivet, etc. PARISIIS, Barbon, 1725-50. Buchanani poëmata, 1687. Ens., 3 vol. in-12 et in-18, r. v.

413. **Tacitus**. Annal. LUGD., Seb. Gryph, 1559. — *It*. Resp. Holl. et Urb. LUGD.-BAT., 1630. — *It*. Senecæ, tragedia, 1660. Ens., 3 vol. in-18, rel.

414. **Terentii**. Comœdiæ. LONDINI, Knapton, 1751, 2 vol. in-8, rel. v., fig.

415. *Id*. Comœdiæ sex. In-12, rel., vel. (manq. le titre).

416. **Tibullus, Catullus, Propertius**; cum Galli fragmentis. AMSTELODAMI, Janssonius, Giu, 1619. In-18, rel. vel.

417. **Vida** (Hier.). Crem. Alb. Episc., opera. LUGDUNI, ap. Ant. Gryphium, 1582. In-12, rel. v., fil., tr. dor., dess. sur les plats.

418. **Zeidlevi** (N.). De gemino veterum docendi modo. REGIO-MONTI, Gilbertus Mathœuse, 1685. In-4, dem. rel. vel. et bois.

---

419. **Blair** (Hugh). Lectures on rhetoric and belles-lettres. BASIL. Tourneison, 1788. 3 vol. in-8, rel. v.

420. Jérusalem déliv. — La religion et la grâce, par Racine. — L'anti-Lucrèce. — Ps. en vers par Garcin, etc. Ens., 11 vol. in-8 et in-12, rel. et br.

421. **Lengleti** Carmina, catalectes, le livre des spectacles, les estreines et les apophorètes, hist. d'Auguste, etc., en in-8, rel. v.

422. Dict. latin, Horace, quest. de l'Encyclopédie, etc. Ens., 17 vol. différents formats.

423. Linguistique, Dict., Grammaires, auteurs grecs et latins, dont Homère, Tacite, Pétrone, etc. Ens., 30 vol. rel. et br. diff. form.

Poëtes français, étrangers, etc.

424. **Balzac** (Œuvres diverses du sieur de). PARIS, 1646. In-4, v., portr. (Aux armes.) Rocolet.

425. **Barthélemy.** Némésis. PARIS, Perrotin, 1835. 2 vol. in-8, br., fig. de Raffet.

426. **Benserade** (Œuvres de M. de). PARIS, 1687. 2 vol. in-12 , r. v.

427. **Béranger.** Poésies. LONDRES, 1785. 2 vol. in-18, v., fil., tr. dor., fig. (éd. Cazin).

428. **Bertrand** (l'abbé). Les Psaumes disposés suivant le parallélisme , trad. de l'hébreu. VERSAILLES, 1857.—Les séances de Haidari (principaux martyrs musulmans). Ouv. trad. de l'hindoustani. PARIS, Duprat, 1845. Ens., 2 vol. in-8 br.

429. **Binet** et **Noël**. Œuvres de Virgile trad. Paris, 1823. 4 vol. in-12, br. (2 exempl.)

430. **Boileau**. Œuvres. 2 parties en un vol. in-4, rel. v., portr.

431. **Brebœuf**. La pharsale de Lucain ou les guerres civiles de César et de Pompée, en vers français. Leide, J. Elsevier, 1658. Pet. in-12, v.

432. Chansonnier français, ou recueil de chansons, ariettes, vaudevilles, etc., avec les airs notés à la fin de chaque recueil, 1759. 2 vol. in-12, cart.

433. **Chapelle** et **Bachaumont**. (Voyage). Londres, Cazin, 1782. In-8, rel. v. m., tr. dor. fig.

434. **Delavigne** (Casimir). Nouvelle Messénienne. Paris, 1830. — Gilbert. Œuv. compl. — Belly, Napoléon, poëme; etc. Ens. 5 vol., rel. et br.

435. **Delille** (J.). L'imagination, poëme. Paris, Didot, 1816. 2 2 vol. in-8, dem.-rel. v., n. r., fig.

436. **Desroches** (mesd.), de Poitiers. Œuvres. —Paris, ab. l'Angelier, 1579. — Les secondes œuvres de mesd. Desroches, à Poictiers, pour Nic. Courtois, 1583. — Le Tumbeau de messire Gilles Bourdin. Paris, Robert Estienne, 1570. — Petri neveleti Doschii lacrumæ. Parisiis, op. Jér. Périer, 1603. In-4, dem.-rel.

437. **Didot**. Fables nouvelles, poésies diverses sur les progrès de l'imprimerie. Paris, Didot aîné, 1786. In-12, rel. v., fil., tr. dor. (Chef-d'œuvre de typographie.)

438. **Dubos**. Réflexions critiques sur la poésie et sur la peinture. Paris, Pissot, 1755. 3 vol. in-12, v.

439. **Heidegger**. Traités du martyre de la consolation, mis en français par Saint-Amant. Genève, 1686. In-8, rel.

440. **Hélie**. Poëme héroïque. — Pièces échap. aux alman. des Muses. Ens., 2 vol. in-8 et in-12, r. et br.

441. **Homère**. L'Illiade. Paris, Renault, 1776. 3 vol. v. m. fig. Cochin.

442. **La Fontaine**. Fables, suiv. d'Adonis, poëme. Paris, Didot aîné, an VII. 2 vol. in-12, r. v.

443. L'agriculture, poëme. Paris, imp. royale, 1774. In-4, v. grav. de Loutherbourg.

444. La Pariséide, ou Parisis dans les Gaules. Paris, 1773. En in-4 rel. v., fig.

445. **Les Fargues**. David, poëme héroïque. PARIS, 1660, in-12, v. m. fig. de Chauveau.

446. **Longus**. Les Amours pastorales de Daphnis et Chloé, trad. d'Amyot. LONDRES, 1779. In-12, v. m., dor. s. tr.

447. **Machiavelle**. Discours de l'estat de la paix et de la guerre. PARIS, 1614. In-8 vel.

448. **Malfilatre**. Le Génie de Virgile, ouvrage posthume, publié par Miger. PARIS, 1810. 4 vol. in-8, v. rac.

449. **Malherbe** (Poésies de). GENÈVE, 1777. Rel. Casin, portr.

450. Mes Fantaisies. AMSTERDAM, 1768. In-8, rel. v. fil, fig. d'Eisen, gr. papier.

451. **Montaigne**. Ses Essais. PARIS, A. L'Angelier, 1604. 3 vol. in-12, v.

452. **Ovide**. Œuvres galantes et amoureuses. LONDRES, Cazin. 1786, 2 vol. in-18, v. m., tr. dor. Joli portrait de Marillier.

453. **Parny**. Opuscules. 1784. 2 vol. in-18., v. m., tr. dor., fr. gr., 4 fig. (Joli ex.) (Ed. Cazin).

454. — Œuvres complètes. PARIS, 1830. 4 tomes en 2 vol. in-12, 1/2 bas.

455. **Pavillon** (E.) Œuvres. AMST., 1750. 2 vol. in-12, rel. mar. v. fil., tr. dor. (Bel exempl.)

456. **Philon**. Juif. Œuvres. PARIS, Chappellain, 1612, in-12, dem.-rel. v.

457. Poésies, chansons, plan d'opéra, autographes, portraits. 20 pièces. (Curieux.)

458. **Regnier**. Œuvres. LONDRES, 1746. 2 tom. en in-12, r. v.

459. **Roucher**. Les Mois, poëme. Paris, 1778. 2 vol. in-4, rel. v., fig. de Moreau jeune.

460. **Santeuil** (M. de). Sa vie et ses bons mots. COLOGNE, 1737. — *It*. trad. de ses hymnes en français. PARIS, 1581. 2 vol. in-12, r. v.

461. Satires et chansons choisies en vaudevilles, pour servir à l'histoire. Anecdote depuis 1600-1741. 2 vol. in-4, rel. v. (Manuscrit avec musique). Très-curieux.

462. **Thompson**. Les Saisons. Cazin. 4 jolies fig. d'Eisen. In-18, r. v.

463. — Les Saisons. PARIS, 1801. In-8. v. m. fil, tr. dor., fig.

464. **Vergier** (Œuvres de). Lausanne, 1750. 2 tomes en in-12, rel. v., fig.

465. — Œuvres complètes. Londres, 1780, Cazin. 3 vol. in-12, v. m. fil, tr. dor. (Bel exemplaire).

466. **Voltaire.** La Henriade. S. l., 1775. In-8., rel. v. m., fig. de Martinet.

----

467. Al veir asparmi, lunari popolar pr al 1839. Bulogna. In-18 br. Dialecte bolonnais.

468. Auteurs italiens, dont Maffei et autres. Ens., 12 vol. diff. form., rel. et br.

469. **Byron** (lord). The Works, etc., etc. ; Don Juan ; Sinclair (Cath.); Béatrice. Ens., 4 vol. in-12 et in-18, cart. et br.

470. **Guarini.** Pastor fido. R. v., fil, tr., fig. — Pierellio (Gio.) Vienna difesa. — Ens., 2 vol. in-12, rel.

471. **Metastasio.** Opere. Nizza, 1783-85. 17 vol. in-12, rel. v. port.

472. **Murphy L.-S. Works.** Swift. (Son.) Works in-12, the tatler, Galliver. — Ens., 19 vol. in-8 et in-12, rel. v., port. et fig.

473. **Paeluccio.** Contin. di Orlando furioso. Venetia, 1543. In-4, vel., port.

474. **Petrarca** con l'espositione d'Al. Volutello, Vincy, 1550. — Pétrarque, sonnets, canz. et ball. — Petrarca, de Remediis utriusque fortunæ. 1645. Ens., 4 vol. in-8 et in-12, rel. et br.

475. **Robertson** (Will.) The history of America. Basil., Tourneisin, 1780. 4 vol. in-8, r. v.

476. **Tasso.** Bern. L'amadigi. Venetia, 1633. In-4, d.-rel.

Histoire. — Poëtes. — Recueils. — Pièces et mélanges sur le théâtre.

477. **Aristippe.** Art du comédien, ou Manuel théâtral. Paris, 1826, in-8, br.

478. **Beaumarchais.** Les Deux-Amis, Eugénie, Barbier de Sév., Mar. de Figaro. Paris, 1770. In-8, rel. v.

479. Bibliothèque des théâtres, contenant le catalogue alphabétique des pièces dramatiques, avec des anecdotes. (Nombreuses additions manuscrites). PARIS, 1733. In-8, v. m.

480. **Corneille** (P. et T.). Chefs-d'œuvre dramatiques. LONDRES, 1783. 5 vol. form. Casin, v., fil., tr. dor (portr.).

481. **Dancourt**. OEuvres et théâtre. PARIS, 1750. 12 vol. in-12, rel. v. (airs notés).

482. **Destouches-Nericault.** Le Curieux impertinent et autres pièces. PARIS, Ribou, 1640-1711. In-12, rel. maroq., fil., tr. dor. (Aux armes). (Bel exempl.)

483. **Etienne** et **Martainville**. Histoire du Théâtre-Français. — Sabatier, Cours de lecture et de déclamation. Paccard, Mémoires d'un comédien, Magasin théâtral ; *et* les Templiers, Sylla, Coriolan, etc.— Découverte d'un autographe de Molière, avec fac-simile de son écriture, etc. Ens., 14 vol. et br.

484. **Geoffroy.** Réponse rel. à ses art. sur l'op. d'Adrien. — Trait de reconnais. de (J.-L.).—Réponse déf. (de J.-L.) à Hoffmann sur l'op. d'Adrien. — La Gageure ou lettre du réd. de l'art. Spect. dans le fam. feuill. — M. Feuilleton, scèn. add. à la com. du Merc. gal. — Mérope vengée, par d'Alembert et Fiévée. Réuni en in-8.

485.— La Gageure.— Obs. d'un hab. du Théât.-Franç.— Mérope vengée. — La Lant. mag. patriot. — M. Feuilleton ; — Rép. déf. à Hoffmann. — Trait de reconnaissance.—Ens., 7 broch. in-8.

486. **Gosse** (E.). Proverbes dramatiques. PARIS, Lavocat, 1819. 2 vol. in-8, cart. n. rog.

487. **Jacob** (P.-I.). Catalogue de la bibliothèque dramatique de M. de Soleinnes. 5 vol. in-8, br.

488. La dinde du Mans. — Le repas des clercs , etc. Ens., 16 pièces, 1762-93. In-8, r. v.

489. **Molière**. Œuvres complètes. PARIS, vᵉ David, 1768. 8 vol. in-12. cart. n. rog., fig. de Punt.

490. — (Œuvres postumes). tome VII. PARIS, 1682. In-12, rel. v. fig.

491. — The Wor of LONDON, 1748-55. 10 vol. in-12, v.. fig. port. (texte en français et anglais).

492. Œuvres dramatiques de M. A. F. PARIS, 1817. In-8, cart. n. rog.

493. **Palissot** (Œuvre complète de) LONDRES et PARIS , 1779.
7 vol. in-12, rel. v.

494. **Petitot**. Répertoire du théâtre français , depuis Rotrou,
avec notices sur chaque auteur. PARIS, 1803. 23 vol. in-8,
cart. n. r., fig.

495. **Racine** (J.) et P. et Th. Corneille. Œuvres complètes. PA-
RIS. Gr. in-8, br. port.

496. **Regnard** (J.-F.). Œuvres complètes. PARIS , Brière, 1823.
6 vol. in-8, dem.-rel., m. le t. 2.

497. **Voltaire**. Théâtre. J. v. avec Comm. sur Corneille, 2 v.
Ens., 11 vol. in-8, br.

---

497 *bis*. Revue des comédiens ou critique raisonnée de tous les
acteurs, danseurs, etc. PARIS, 1808. 2 vol. in-12, br.

498. **Pièces avant 1789.** Guerre ouverte. — Le tempérem-
ment tragi-burlesque. — Molière à la nouvelle salle , etc.
8 pièces in-8.

499. *Id.* à 1800. Paris sauvé. — Nigodème dans la lune ou la
Révol. pacifique. — L'heureuse décade. — Au retour. —
Calas. — Les journalistes anglais. — Comment faire. —
Les refugiés religionnaires, etc. Ens., 10 pièces in-8.

500. *Id.* à 1840. [Othelo. — Jeanne d'Arc. — La queue de lapin.
— Marino Faliero. — Angèle, etc. 30 p. in-8.

501. *Id.* à 1860. Environ 100 pièces. Diff. formats.

502. Histoire du théâtre français. — Théâtre anglais . — Térence.
— Virgile. — Racine. — Goldoni, etc. Ens., 54 vol. diff.
for., rel. et br.

503. Le monde dramatique. — Les comédiens français et autres
broch. dramat. Ens., 15 vol. et br. diff. form.

Fictions en prose. — Romans. — Contes. — Philologie. —
Dialogues et entretiens épistolaires. — Polygraphes. —
Mélanges.

504. **Amyot**. Les Amours pastorales de Daphnis et Chloé. LON-
DRES, 1780. Petit in-12, dem.-rel. (Cazin).

505. Anecdotes jésuitiques. LA HAYE, s. d. In-12, dem.-rel.

506. **Armytage** (MM.) Or, female domination. PARIS. Reynolds, 1836. In-8, br.

507. Aventures de France et d'Espagne. Nouvelles galantes et historiques. PARIS, 1707. In-12, rel. v.

508. Bibliothèque univ. des dames, Amours d'Ismène et d'Isménias. — *Id.* Daphnis et Chloé. PARIS, 1785. In-18, v. fil., tr. dor.

509. **Bocace** (J.), florentin. Le Philocope, contenant l'histoire de Fleury et Blanchefleur, etc. PARIS, par Jean Longis, 1555. In-8, r. v., tr. dor.

510. — Contes trad. par E. Rastoin-Brémond. PARIS, 1835. 2 vol. in-8, dem.-rel., fig.

511. Le Décaméron ou Contes. LONDRES, 1779. 10 v. in-8, v. m., fig. de Gravelot et Eisen.

512. **Bousquet** (J.) Les Veillées du vieux sergent, histoire de Napoléon. PARIS, Migeon, 1843. In-8, dem.-rel., nomb. gr.

513. **Bujault** (Jacques). Œuvres illustrées. PARIS, Fel. Malteste, 1845. In-8, br., nomb. grav.

514. Caquet bon bec, la Poule à ma tante. 1763. In-8, br., fig.

515. **Carlovitz** (la baronne de). La Femme du Progrès. PARIS, 1838. 2 vol. in-8, br.

516. **Chateaubriand.** Atala, René, les Abencérages. Voy. en Amérique. PARIS, F. Didot, 1846. In-8., dem.-rel.

517. Contes des contes. PARIS, 1707. In-12, v.

518. **Désiré** (Artus). Les Batailles et Victoires du Chev. céleste contre le Chev. terrestre. PARIS (Jehan), Ruelle, 1560. In-12, r. v.

519. **Diderot.** Le neveu de Rameau. PARIS, 1821. In-8, br., port.

520. **Dulaurens.** Abus dans les Cérémonies. — *It.* Aventures d'un habit noir. 1788. In-12, dem.-rel.

521. **Dumas** (A). Le Talisman. PARIS, 1836. In-12, rel. v. fil. tr. dor., fig. angl.

522. **Fénelon.** Les Aventures de Télémaque, fils d'Ulysse. PARIS. 1730. 2 tom. en in-4, rel. v., tr. dor. (aux armes), gr. nombre de fig.

523. **Foé** (de). Vie et Aventures de Robinson Crusoë. PARIS, 1768. 6 vol. in-12 br., fig.

524. **Jacob** (P.-L.) Recueil de farces, sotties et moralités. PARIS, 1859. In-12 br.

525. **Jal** (A.) Les Soirées du Gaillard d'arrière. PARIS, Ch. Gosselin, 1840. 3 vol. in-8, br.

526. **La Fontaine.** Ses contes. PARIS, L. Duprat, 1808. 2 vol in-12, rel. v., fig. dans le texte.

527. **Lanier de Verton** (A.) Des Satyres personnelles. PARIS, Dezallier, 1689. 2 vol. in-12, r. v.

528. Les Ridicules du siècle. LONDRES, 1752. In-12, rel. v.

529. **Longus.** Daphnis et Chloé. In-4, br.

530. **Marguerite de Valois**, reine de Navarre. Ses Nouvelles (en allemand), avec les figures de Freudenberger. BERNE, 1791, 2 vol. in-8, rel. (Bel exempl., jol. fig. à deux teintes.)

531. **Masson** et **Luchet.** Thadéus le ressuscité. PARIS, 1837. 2 vol in-8, dem.-rel.

532. **Moulinet** (Nicolas de). La Vraie histoire comique de Francion. LEYDE, H. Drummond, 1686. 2 vol. in-12, r. v., fig.

533. **Oudot.** Les Étrennes de la Saint-Jean. TROYES, 1742. In-12, rel. v, m., fil., tr. dor., portr.

534. **Querlon** (de). Les Impostures innocentes, ou Opuscules : le Point de vue de l'Opéra, la Courtisane de Smyrne, etc. MAGDEBOURG, 1761. In-12. dem.-rel. (*Rare.*)

535. **Sue** (Eug.). Le Juif-Errant. PARIS, Paulin, 1845. 4 vol. in-4, cart., illust. par Gavarni.

536. **Thomas.** Essai sur le caractère des femmes. PARIS, 1803. In-8, br.

537. **Touchard-Lafosse.** Rodolphe. PARIS. 1837. 2 vol. in-8, dem.-rel.

538. **Vayer de Boutigny** (le). Tarsis et Zélie. PARIS, Musier, 1774. 6 vol. in-8, rel. v., fig. de Cochin et Eisen. (Bel exempl.)

539. **Voltaire.** Lettres avec remarques. PARIS, 1835. In-8, br., portr.

---

540. **Béranger.** Œuvres. PARIS, 1835. 3 vol. in-18, dem.-rel., portr.

541. **Boileau.** Œuvres. GENÈVE, 1716. 2 vol. in-4, v., fig.

542. **Chateaubriand** (de). Œuvres. PARIS, Dufour, 1857. 72 séries, pr. gr. in-8, br., fig.

543. **Crébillon** (de). Œuvres complètes. PARIS, chez les libraires associés, 1785. 3 vol. in-8, rel. v., fig. de Marillier.

544. **Ducis** (J.-F.). Œuvres avec sa vie, par Campenon. PARIS, 1824. Ens. 5 vol. in-8, br., fig.

545. **Gresset**. Œuvres complètes. PARIS, Dentu, 1807. 3 vol. in-18, v. portr. de Saint-Aubin et jolies vignettes de Moreau.

546. **La Fontaine**. Œuvres complètes. PARIS, Lefèvre, 1818. 6 tom. en 5 vol., in-8, dem.-rel., portr., fig. (Bel exempl.)

547. **Piron** (Alex.). Œuvres complètes. PARIS, Lambert, 1766. 9 vol. in-12, v.

548. **Blondin** (J.-N.). Pieces on various subjects. — Walter-Scott (sir) an essai on the drama. Ens., 2 vol. in-8, rel. et cart.

549. **Chateaubriand**. Itinéraire de P. à Jér. — Les Martyrs. — Voyage en Am., à Cl., au Mt.-Bl.. — Mél. lit.. — Atala. PARIS, 1839. 7 vol. in-8, br.

550. Emile, de Rousseau. Pensées ingénieuses. etc. Ens. 33 vol. vol. in-8 et in-12, rel. et br.

551. **Guiraud** (baron Al.). Flavien ou Rome au désert. — Césaire et mélanges. — Théâtre et poésies. PARIS, Amyot, 1845. 4 vol. in-8, br.

552. Journal des journaux, années 1847 et 1848. — Les aides de camp de l'empereur, etc. Ens. 7 vol. in-8, br.

553. Le livre terrible. — Hist. de Henri le Grand. — De l'ancienne France. — Mémoires de Bussy Rabutin, etc. Ens., 75 vol., diff. form., rel. et br.

554. Les parents pauvres de Balzac, Walter Scott, etc. Ens. 50 vol. in-8 et in-12, rel. et br.

555. **Martin** (L.-A.). De la condition des femmes chez les peuples de l'antiquité. PARIS, 1839. — Vaucher, apologie des dames de France. 1835. — Carrié, le troubadour moderne. Ens., 3 vol. in-8 et in-12, br.

556. Obs. sur les troubadours. — Ess. sur les cours d'amour. — Du fest. du roi-boit. — Sur les romans des 12 pairs de France. — La phil. dans l'amour. — Sur le jour de l'an, la fête des fous, etc. 12 br. in-8.

557. Orais. funèbr. de Bossuet. — Le mie prigioni, par Silvio. — Erasmi colloquia. — Nuits d'Yung, en 3 vol. in-32, etc. Ens., 19 vol. in-8 et in-12, rel. et br.

558. Poésie franç. — Fables de La Fontaine. — Satyres. — Chansons, etc. Ens., 15 vol. et br. diff. form.

559. La reine de Golconde. — Désaugier. — Le terme d'un règne et le règne d'un terme. — Brûlots d'amour pour mon roi. — Histoire d'un pendu, en bouts-rimés. — Mon chef-d'œuvre. Ens. 5 br. in-8.

560. Romans, satire, bons mots, polygraphes, etc. Ens., 42 vol. diff. form.

561. Une fille d'Ève. — La maison blanche. — Walter-Scott. — Le comte Robert de Paris. — Id. Le château dangereux. — Id. L'antiquaire. — Clarisse Harlowe. — Le lys dans la vallée, etc. Ens., 22 vol. et in-4, br.

HISTOIRE.

Géographie. — Voyages, etc.

562. **Belly** (F.). Carte du canal de Nicaragua. PARIS, Dalmot et Dunon, 1858. In-4, vél. av. carte sur toile.

563. **Cluverii** (P.). Germaniæ antiquæ libri tres. LUGD.-BATAV., Elzevirium, 1616. In-fol. vel., fr., gr. cart. et fig.

564. Empires, royaumes, Etats, seigneuries, duchés et principautez du monde. SAINT-OMER, 1614. 2 vol. in-4, vél., n. rog. Joli frontisp. gravé.

565. **Ferraris.** 25 cartes col. sur toile de la Belgique en quatre cartons.

566. **Guthrie.** Géographie universelle. — Atlas universel du monde en 49 cartes. — Dictionnaire géographique. Ens., 11 vol. diff. form. rel.

567. **Hondius** (Jud.). Italiæ hodiernæ descripsio. AMSTELODAMI. — Jud. Hondio, 1626. In-fol. obl. dem.-rel. vél.

568. **Michel** et **Bremont**. Le nouveau et curieux atlas géographique et historique, ou le Divertissement des empereurs,
rois et princes. PARIS. — Recueil de plusieurs plans des
ports et rades de la mer Méditerranée. In-fol. obl., v.

569. **Peigné** (M.-A.). Dictionnaire topog. statis. et postal de la
France. PARIS, 1860. Gros vol. in-8, cart.

570. **Recueil** des plans de l'Amérique septentrionale. PARIS, 1755.
In-4, br.

571. **Recueil** de cartes géographiques et d'estampes. In-4, dem.-
rel., port. et cartes coloriées.

572. **Reynolds's**. New mass of London, nouv. plan de Moscou,
carte d'Espagne, etc. Ens., 5 cartes.

573. **Strabo**. Rerum geograph. libri XXVII, græce et lat. cum
notis Xylandri, Casauboni et alior. (cura T. J. a Almelo-
veen). Amst., 1707. 2 vol. in-fol., v., br.

574. **Vosgien**. Dictionnaire géograph. univers. des 5 part. du
monde. PARIS, gr. in-8, br., cartes et grav.

575. **Vosgien**. Dict. géographique. PARIS, 1821. In-8, rel. pl.

---

576. **Biervillas** (Innigo de). Voyage à la côte de Malabar, Goa, etc.
PARIS, 1736. In-12, rel. v.

577. **Boisgelin** (L. de). Travels through Denmarck and Sweden.
LONDON, 1810. 2 vol. in-4, dem.-rel., vues.

578. **Bossu**. Voyage dans l'Amérique septentrionale. AMSTER-
DAM, 1777. In-8, rel. v., fig.

579. **Coréal**. Voyage aux Indes occidentales. AMSTERDAM, 1722.
3 vol. in-12, rel. bas., fig.

580. **Ellis** (H.). Voyage de la baye d'Hudson, en 1746 et 47, pour
la déc. du pass. nord-ouest. PARIS, 1749. 2 vol. in-12,
rel. v., cart. et fig.

581. **Jaubert** (Améd.). Voyage en Arménie et en Perse. PARIS,
Pélicier, 1821. In-8, dem.-rel., fig. de Orlowski.

582. **La Harpe** et **Eyriès**. Abrégé de l'histoire des voyages.
PARIS, 1830. 2 vol. in-8, br., fig.

583. **La Sale**. Voyage pour la découverte de la riv. Mississipi.
— Id. Voyage de Ravencau de Lusson à la mer du Sud.
PARIS, 1689. Ens., 2 vol. in-12, r. vel.

584. **Link**. Voyage du comte de Hoffman Segg en Portugal. PARIS, Levrault, 1805. In-8, rel. v., fil.

585. **Niebuhr**. Description de l'Arabie. PARIS, 1779. 2 tom. en in-4, dem.-rel.

586. **Robin** (abbé). Nouveau voyage dans l'Amérique septentrionale. PHILADELPHIE, 1782. In-8, v.

587. Géographie et voyage. Ens., 8 vol., diff. form. rel. et br.

588. Guide du voyageur en France. — Guides du voyageur dans Insbruck. 3 vol. in-12, br.

Histoires des religions et des superstitions. — Mélanges.

589. **Affre** (l'abbé). Traité de l'administration des paroisses. PARIS, 1839. In-8, br.

590. Annales de la société des soi-disant Jésuites, ou Recueil historique chronologique de tous les actes écrits, etc. PARIS, 1764. 5 vol. in-4, dem.-rel.

591. **Arnauld** (Ant.). La tradition de l'Eglise sur la pénitence et la communion. PARIS, 1645. In-4, v.

592. **Bossuet** (J.-Ben.). Déclaration cléricale. LUXEMBOURG, 1730. 2 tom. en in-4, v. (Port.)

593. **Boulanger**. Examen critique de la vie et des ouv. de saint Paul, etc. LONDRES, 1770. In-12, r. v.

594. **Caravita** (Prior.). Compendio delli statuti et ordinazioni. (Manuscrit de 590 pages, form. in-fol.)

595. **Chifflet** (Phil.). Concilii tridentini, Paulo III, Julio III et Pio IV, etc. COLONIÆ AGRIPPINÆ, 1688. In-32, rel., fig.

596. Constitution (la) Unigenitus. — Les actes de l'église de Paris. — Actes (de diff. diocèses. — Actes des parlements, etc. COLOGNE, 1757. 4 vol. in-fol., rel. v.

597. Discipline anc. et nouv. de l'Eglise, touch. les bénéfices 1702. In-4, v.

598. Discipline de l'Eglise, tirée du Nouv. Testament. LYON, 1689. 2 vol. in-4, v.

599. Divers écrits concernant la Constitution Unigenitus, réunis en in-4, v.

600. (Diverses pièces intéressantes.) LEIPSIK, 1765. In-8, mar. r.

601. **Dupuis**. Atlas de l'origine de tous les cultes. PARIS, an III. In-4, dem.-rel. vel. (Fig.)

602. Essai hist. sur l'influence de la relig. en France, pend. le XVIIᵉ siècle. PARIS, 1824. 2 vol. in-8, dem.-rel.

603. **Gournerie** (Eug. de la.). Rome chrétienne, ou Tableau des monuments chrétiens de Rome. PARIS, 1843. 2 vol. in-8. br.

604. **Guillon** (M.-N.-S.) Histoire de la nouv. hérésie du XIXᵉ siècle. — Réfutat. de Lamennais. PARIS, 1835. 2 vol. in-8, br.

605. Hexaples, ou les six colonnes sur la Constitution Unigenitus. AMST., 1714. In-4, v.

606. **Jager** (l'abbé). Le Protestantisme aux prises avec la doctrine catholique. PARIS, 1842. In-8, br.

607. **Krasinski** (le Cte V.). Essai sur l'hist. relig. des nat. Slaves. PARIS, Garnier frères, 1853. — *Id.* Essai sur la philolog. Slave, par Landrin. PARIS, A. Franck, 1846. Ens. 2 vol. in-8, br.

608. **Laorty Hadjy**. La Syrie, la Palestine et la Judée. PARIS, 1854. In-8, dem.-rel.

609. **Laviron** (l'abbé A.). Règne du christianisme dans le monde. PARIS, 1856. In-8, dem.-rel.

610. **Lenfant** (J.). Histoire du concile de Constance. AMST., 1727. 2 vol. in-4, bas. fig.

611 *Id.* Histoire du concile de Pise. AMST., 1724. 2. t. en 1 vol. in-4, bas. fig.

612. **Lenfant** (Jacq.). Histoire de la guerre des Hussites et du concile de Bâle. AMST., 1731. 2 tom. en in-4, bas. fig.

613. Les Missionnaires de 93. PARIS, Lenormant, 1819. In-8, broch.

614. **Lesueur** (J.). Histoire de l'Eglise et de l'Empire. GENÈVE, 1649. 8 t. en 4 vol., v.

615. Martyrologium Romanum. VENET., 1661. In-4, r. m. f. (Fig.)

616. Mort surprenante du garçon du chirurgien Lombard. — Miracles d'Anne Lefranc. — Pièces sur les miracles de M. de Pâris. PORT-ROYAL, 1732. Fort in-4, rel. v.

617. **Oldendorps**. Histoire des missions des Frères évangé-

liques. Leipsig, 1777. In-8, dem.-rel. v. (Texte allemand.)

618. **Norberto** (R.-P.). Memorie Storiche intorno alle missioni
dell' inclie Orientali. Lucca, 1744. 3 t. en 2 vol. in-4,
rel. vél.

619. Nouvelles ecclésiastiques, ou Mémoires pour servir à l'hist.
1730-39 5 vol. in-4, v. (Pl.)

620. **Panvinio** (O.). Epitome pontificum Romanorum à saucto
Petro usque ad Paulum. IV. Ven., 1557. In-fol., cart.,
blasons. Fig. de bois.

621. **Paris.** Dissertation sur les miracles. 1731. In-4, v.

622. **Platynæ.** Historia de vitis pontificum perjucunda : diligen-
ter recognita et nunc tantum integrè impressa. Venetiis,
P. Pincio, 1504. In-fol., vél., fig. s. bois.

623. Promenade au monastère de la Trappe. Paris, 1822. In-12,
br., fig.

624. **Racine** (L.). Abrégé de l'histoire ecclésiastique. Cologne,
1752. 15 vol. in-12, v.

625. Recueil de pièces sur les miracles et autres. réunies en
in-4, v.

626. Recueil sur la constitution, réunies en in-4, rel. v.

627. Relation des religieuses de Port-Royal. S. l. n. d. In-4, v.

628. **Saint-Simon.** Doctrine. — Exposition. 1re année (1828-29).
Paris, 1831. — Communion génér. de la fam. Saint-Si-
monienne. — Rapports aux pères suprèmes. — Economie
politique (mars 1832). — Système de la Méditerranée
(Michel Chevalier), 1832. — Nouveau christianisme, l'é-
ducation du genre humain (trad. de l'allem. par Eugène
Rodrigue), 1832. — Morale (avril 1832). — A tous (avril
1832), etc. Ens., 9 vol. br.

629. — Doctrine. — Exposition. 1828-29. Paris, 1831. In-8, br.
(2 exempl.)

630. **Senez** (de). Histoire du concile d'Embrun ; histoire de la
condamnation de l'évêque. Rec. de pièces, 1728, réun. en
2 vol. in-4, v.

631. Sur le culte musulman, l'idolâtrie, l'histoire turque. Ens.,
7 vol. in-8, br.

632. Sur les prophètes ; de l'us. de brûl. les corps ; des livres
saints ; mandem.; lettres ; brefs du pape ; dial., etc. Ens.,
10 vol. et br.

633. Vie de sainte Geneviève. PARIS, Delloye, 1845. Br., in-8, fig.
(45 exempl. br.)

634. Vies de sainte Agnès, d'Alet, Ganganelli, Miramion, Her-
man. PARIS, etc. Ens., 12 vol. rel. et br., diff. form.

635. Vies des saints, avec hist. des mystères de Notre-Seigneur.
PARIS, 1734. 2 vol. in-4, v.

636. **Vert** (de). Explication des cérémonies de l'Eglise. PARIS,
1713. 4 vol. in-8, rel. bas., fig.

637. Voix (la) gémissante du peuple chrétien et catholique acca-
blé sous le faix des désastres et misères des guerres de
ce temps. PARIS, 1640. In-4, vél., fig.

Histoire universelle, ancienne et moderne, etc.

638. Boerneri (Chr. Fr.). De doctis hominibus græcis lit. græ.
in Italia Instau. LIPSIÆ, Joh. Fr. Gleditschii. In-8, cart.
port.

639. **Bossuet**. Discours sur l'histoire univers. PARIS, 1732. In-4,
rel. v., port.

640. **Cæsaris** (J.). Commentarii de bello Gallico, avec les notes
allemandes de Kraner. F. BERLIN, 1855. In-8, dem.-rel.
avec carte color.

641. **Crevier**. Hist. des empereurs romains. PARIS, 1766. 12 vol.
in-12, rel.

642. **Eutropii** (V. C.). Breviarium Historiæ Romanæ. PARISIIS,
Manef, 1560, p. in-12, rel. anc.

643. **Fabri** (Joh.). Bamberg, med. rom. in Im. ill. ex fulv, urs.
Bibli. COMMENT., ex offic. Plantiniani. 1606. In-4, rel.
vel.

644. **Fasciculus** temporum. COLONIÆ AGRIPPINÆ, 1481. In-fol.,
rel. vel. Caract. gothiques, avec un gr. nombre de fig.

645. **Gutherii** (Jac.). De ritu, more et leg. prisc. funeris. PARISIIS,
Nic. Buon, 1615. In-4, r. v.

646. **Gyraldi** (L. G.). De sepultura et vario sepeliendi ritu.
HELMSTADT, Müller. H. D., 1676. In-4, rel, v.

647. **Hygini** Grom. et Polybii megal. De castris romanis. AMS-
TELODAMI, J. Pluymer, 1660. In-4, r. v.

647 *bis*. **Laurentii** Pignorii (Pat.). De servis et cor. ap. vet. minist. COMMENT. Aug., Vind., 1613. In-4, rel: m. fil. tr. dor.

648. **Lenglet-Dufresnoy**. Tablettes chronol. de l'hist. universelle. PARIS, 1744. 2 vol. in-8, rel. v.

649. **Liskenne** et **Sauvan**. Bibliothèque historique et militaire. Thucydide, Xénophon. Retraite des dix mille et Cyropédie. PARIS, 1835. In-4, br.

650. **Manutii** (P.). De legibus. VENETIIS, Aldus, 1557. — Velleius Paterculus. VENETIIS, Aldus Jun, 1571. — Procopius de Just. ædif. MOGUNTIÆ, Juo. Schœfer, 1538. — Respublica et stat. regni Hungariæ. LUGD.-BAT., ex of. Elzeviri, 1634. etc. Ens., 8 vol. diff. form., r. v. vel. et cart.

651. **Patricii** (Fr.) La militia romana di Polibio, di Tito Livio e di Dionigi Alicarnaseo. FERRARA, Dom. Mamarelli, 1583. In-4, vel.

652. **Plutarchi** chœronensis Opera, grec-latin. FRANCOFURTI, 1620. 2 vol. in-fol., rel. v.

653. **Rollin**. Hist. ancienne. Paris, 1764. 14 vol. in-12, rel. v.

654. — Histoire romaine. PARIS, 1803. 16 vol. in-12, br.

655. **Scipion Dupleix**. Histoire romaine depuis la fondation de Rome. PARIS, 1638. 2 vol. in-fol., rel. p. de daim. — Lazare, Hist. romaine (tom. II). In-fol., peau de daim.

656. **Suetonius** (Tr.). Hist. des Césars. PARISIIS, e Typ. reg.,. 1644. In-12. rel. v.

657. **Vertot**. Hist. des chevaliers de Malte. — Rév. romaine, de Portugal, de Suède. PARIS, Janet, 1819. 12 vol. in-8, br.

658. **Xiphilinus** (Joan). Nicæi (Dionis), rer. Rom. à Pom. mag. ad Alex. mam. fil. Epit. LUTETIÆ, 1551. In-4, r. v.

659. Hist. universelle anc. et romaine. — Antiquités numismatiques, etc. Ens., 20 vol. et broch. diff. form.

Histoire de France, générale et particulière sous chaque règne, mélanges.

660. **Anquetil** et **Maslatrié**. Histoire de France. PARIS. 1832-40. 15 vol. in-8, br., fig.

661. **Daniel** (P.-G.). Histoire de France. Amsterdam, 1720. 6 vol. in-4, rel. v. aux armes de Colbert, cart., fig.

662. **La Bédollière** (E. de). Histoire des mœurs et de la vie privée des Français. Paris, Lecou, 1847-49. 3 vol. in-8, br., n. r.

663. **Lamy**. Recueil de l'histoire de France. Paris, 1656. In-32, v.

664. **Laponneraie.** Histoire de la Révol. franç., de 1789 à 1848, par Van-Ténac. Paris, 8 vol. in-8, br., n. r., fig.

665. **Leynadier** (Camille). Histoire des trois révolutions, 1793 à 1858. Paris. Iu-8, br.

666. **Prade** (de). Sommaire de l'histoire de France avec les portraits des rois, reines, suivant les véritables originaux. Paris, 1684. 5 vol. in-12, v.

667. Recherches historiques sur le service des cérémonies à la cour de France et dans les pr. cours de l'Eur. Paris, 1857. 36 exemplaires, in-8, br.

668. **Thierry** (A.). Lettres sur l'histoire de France. Paris, 1836. In-8, br.

669. **Traité historique** depuis l'an 420 à 1715, cont. des docum. curieux sur l'Hist. de France, sur les Emp., Rois, Reines, Rég., Régentes et les plus ill. pers., suivi d'un Traité géog. des prov. de France. Paris, 1779. Manuscrit d'une belle écriture et dessins de Casin. Gr. in-8, rel. mar. v., fil., tr. dor., des. en or, aux init. P. D. (aux armes de Philippe d'Orléans).

670. **Toulotte.** Hist. de la barbarie et des loix au moyen âge. Paris, 1829. 2 vol. in-8, br.

671. Hist. de France de Laurentie, Jauffrey, des Cérémonies à la Cour, Mém. de Michaud, de la Noblesse en France, etc. Ens., 15 vol., diff. form., rel. et br.

672. **Parival** (de). Abrégé de l'hist. de ce siècle de fer, contenant les misères et calamitez des derniers temps, etc. Bruxeles, 1655. In-18, v.

673. **Mémoires** de l'estat de France sous Charles IX. Meidelbourg, 1577. 3 tom. en 2 vol. in-8, vél.

674. **Mélanges** sur l'hist. de France. Ev. de Vassy, Saint-Médard, 27 décembre ; réf. de l'Univ. — *Id.* Mort du roi de Navar., 17 novembre 1562. — Arrest. ord. et désast. Contag. et peste (1546-80).—Obsèq. de Louis XII, Henri II, Charles IX (1515-74). — Sur Charles IX, Henri II et Cath.

de Méd. (1570-75); la Saint-Barthélemy, 24 août 1572. — — Déluge des Huguenots; Tocsin cont. les massac.; Rév. matin des Français; Vie de Charles IX (1572-78).—Finances, Police, Assass. des Guise et de Brisson, 1578. Ens., 20 br., in-8.

675. **Dondini** (Gugli.) Hist. de rebus in Gal. gestis ab. Alex. Farnesio. ROMÆ, 1671. In-4, rel. v., fig. et cart.

676. Histoires de Duguesclin, Henri IV, etc. Ens., 4 vol. in-12, rel., fig.

677. Éducation (l') de Henri IV. PARIS, 1790. 2 vol. in-8, dem.-rel., fig. de Duflos.

678. **La Serre** (de). L'Alexandre ou les Parallèles de Mgr le duc d'Anguien. PARIS, 1645. In-4, rel. v., fig. et portr.

679. **Mazarinades**. Recueil de pièces burlesques. — Le Vœudes Parisiens à la Vierge. — Le Portrait des favoris. — Le Testament du Diable d'argent. — Les deux Fripperies. — Les Propriétez diaboliques. — L'Entretien du roy et de la reine. — Les sept Trompettes du ciel envoyées à Mazarin. — Le Pâtissier en colère sur les Boulangers. — Les Aventures d'un valet de chambre. — Le Salut aux courtisans. — L'Agatonphile de la France, etc. PARIS, 1649. Environ 70 pièces réunies en 1 vol. in-4, rel v. (Curieux.)

680. **La Harpe**. Du Fanatisme dans la langue révolutionnaire. PARIS, 1821. In-8, br.

681. **Hue** (F.). Dernières années du règne et de la vie de Louis XVI. PARIS, Impr. royale, 1814. In-8, rel. v., portr.

682. **Révolution de 89**. De l'Abus des dévotions populaires.—Le Flagorneur démasqué. — Dialogue du père Séraphin. — Les Quand, les Si, les Mais, les Car. — Le Livre rouge. — Le Tiers-État. — Calendrier républicain. — Journée du 2 septembre 92. — Rapports de Grégoire. — Portrait de Robespierre. — Portraits, par la citoyenne Rolland. — Vie de Marie-Antoinette. — Vie de Pierre Manuel. — Abrégé des crimes des rois de France.—Sur les fêtes nationales. — Défense et mort de Louis XVI.—Liste des régicides qui ont voté la mort de Louis XVI.—Liste des personnes égorgées le 2, 3 et 4 septembre 1792.—Opinion et discours et catalogue des livres et brochures ayant rapport à la Révolution. Ensemble, 50 broch., in-8. (Très-curieux.

683. **Véritable père Duchêne**, marchand de Fourneaux.—150 lettres patriot.,impr. à P. s. la Rév. fr., d. 1 carton (Cur.).

684. Journée du 10 août. L'Esprit de la Révol. franç., etc. Ens., 8 vol. et br., diff. form.

685. **Bastille** (la) dévoilée. Recueil de pièces authentiques. Paris, 1789-90. 2 vol. in-8, cart.

686. **Duc d'Orléans**. Sa motion à la séance royale, 1789. — Départ de M. Necker et de Mme de Gouges, 1790. — Le Livre rouge (1774-1789). Ens., 3 br. in-8.

687. Discours. Opinions et rapports des députés de la Convention, etc. Ens., 60 br., in-8. (Curieux.)

388. Constitution française de 1790. Almanach d'Aristide, fig. Ensemble, 3 vol. in-64, rel.

689. **Larue** (le chev. de). Histoire du 18 fruct. Paris, Demonville, 1821. 2 vol. in-8, dem.-rel.

690. Ce qui s'est passé la tour du Temple pendant la captivité de Louis XVI. — Mémoires sur la Bastille, etc. Ens., 4 vol. in-8 et in-12, br.

691. **Thiers**. Hist. de la Révol. franç. et du Consulat (vol. séparés). 11 vol. in-8, rel. et br.

692. — Histoire du Consulat et de l'Empire. Paris, 1847. In-8, br. Tom. 7, avec la 10ᵉ livraison des cartes et plans.

693. **Sacre**, Couronn. de Napoléon Iᵉʳ et distrib. des aigles au Ch. de Mars. Paris, Leblanc, 1807. Gr. in-fol., cart., pl.

694. **Fain** (le baron). Manuscrit de 1813. Paris, 1824, 2 vol. in-8, dem.-rel.

695. **Beauchamp** (Alp. de). Histoire des campagnes de 1814 et 1815. Paris, 1816. 2 vol. in-8, br.

696. Id. Histoire des deux faux Dauphins. Paris, 1818. In-8, br., port.

697. **Vivien** (L.) Histoire de la Garde impériale, suivie de l'histoire de Napoléon, du Consulat et de l'Empire et des biographies des grands hommes. Paris. 6 vol. in-8, br., fig. color.

698. **Napoléon**. Sa corresp. avec le ministre de la marine. Paris, 1837. 2 vol. in-8 br., port.

699. — Sa famille, ses amis, ses généraux, ses ministres et ses contemporains. Paris, 1840. In-8, dem.-rel., portraits.

700. Mém. d'un Contemporain, Mémoires de Las Cases, Hist. de Napoléon, etc. Ens., 12 vol. in-8, rel. et br., diff. for.

701. **Sur la Restauration**, le Retour des Alliés, Nécess. d'un Roi, le Comm. de la Fin, le Retour des Bourbons, le Camp

de Vertu, la Mort de Louis XVI, Hist. de Louis XVIII, Chansons, etc. Ens., 24 vol. et br. in-8. (Curieux.)

702. Mélanges sur la révol. de 1830, la Garde royale, sur les douze mille francs de la duchesse de Berry, un Procès de la presse, etc. Ens., 10 vol. et br. in-8.

703. **Tirel** (Louis). République dans les carrosses du roi (triomphe sans combat). Lamartine. Improvisation. 2 v. et br. in-8. (Curieux.)

704. Confiscation des biens d'Orléans, Discours et Messages de L. Napoléon, Biographie des Représentants, etc. Ens., 12 vol. et broch., diff. form.

Mémoires et mélanges historiques.

705. **Bussy-Rabutin.** (comte de). Discours à ses enfants. PARIS, 1694. In-12, v.

706. **Clery** (P.-L. Hanet). Mémoires. PARIS, Ermery, 1825. 2 vol. in-8, br., port.

707. **Commines** (Philippe de), sieur d'Argenton. Mémoires. LEIDE, chez Elseviers, 1648. In-12, rel. v. (Taché).

708. **Conquestes amoureuses** du grand Alcandre (Louis XIV), dans les Pays-Bas. Manuscrit de 123 p. in-4, rel. v. (Curieux.)

709. **Desormeaux.** Histoire de Louis de Bourbon, prince de Condé. PARIS, 1768-69. 4 vol. in-12 v., cartes et plans.

710. **Duguay-Trouin** (l'amiral). Mémoires. AMSTERDAM, 1740. In-12, r. v., cartes et plans, port.

711. **Forbin** (Mémoires du comte de). AMSTERDAM, 1729. 2 vol. in-12, v., port.

712. **Henri IV,** Villeroy et de Puisieux. Lettres. AMSTERDAM, 1733, 2 vol. in-8, rel. v.

713. Journal de la Vie de la duchesse d'Orléans, douair., Mémoires de Ch.-L. Sand, Défense des universités. PARIS, 1819. 22 vol. in-8, dem.-rel., port.

714. **Langallery** (Mémoires du marquis de). LA HAYE, 1743. In-12, v.

715. Mélanges, Notice sur E. Rétif de la Bretonne, sur Nic. Flamel, le Curé de Maubosc, Mme Dubarry, Mlle d'Aubigné, etc. Ens., 12 broch. in-8.

716. Mémoires de la Vie de J.-A. de Thou, conseiller d'État. Rot-
TERDAM, 1711. In 4,, rel. v. port.

717. Mémoires pour et contre Cagliostro. ROHAN, etc. Ens., 15 vol.
et br. in-4.

718. **Pellisson**. Lettres historiques. PARIS, 1729. 3 vol. in-12, r. v.

719. Preuve de la découverte du cœur de Saint-Louis. PARIS,
Didot, 1846. In-8, br., fig.

720. **Rossi** (Ott.) Le Memorie Bresciane. BRESCIÆ, Gromi, 1693.
In-4, rel. vel., fr. gr. (Curieus. fig.)

721. **Saint-Simon** (le duc de). Mémoires. PARIS, Sautelet, 1829-
1830. 21 vol. in-8, dem.-rel. v. (Bel exemplaire.)

722. **Sévigné** (Mme de). Lettres. PARIS, 1818. 12 vol. in-18 br.

723. **Thou** (de). Mémoires. ROTTERDAM, 1711. In-4 v., port.

Histoire de Paris.

724. **Lefeuve**. Histoire de sainte Geneviève, patronne de Paris,
suivie d'une Histoire des reliques de la sainte. PARIS, 1861.
In-8, br. (6 exemplaires).

735. — Histoire du lycée Bonaparte. PARIS, 1862. In-8, br.
(4 exemplaires).

726. — Les anciennes maisons de Paris, sous Napoléon III, mo-
nographies publiées par livraisons séparées, en suivant
l'ordre alphabétique des rues, compr. la table de concor-
dance pour tout l'ouvrage. PARIS, 1856-62. 60 livraisons
in-8, cart., garanties bien complètes (7 exemp. qui seront
vendus séparément).

727. **Manuel** (P). La police de Paris dévoilée. PARIS, Garnery.
2 vol. in-8, cart., fig.

728. **Mercier**. Tableau de Paris. AMSTERDAM, 1782. 8 vol. in-8,
dem.-rel.

729. Paris, histoire, plans, antiquités, par Dubreuil. Ens., 10 vol.,
diff. form.

730. Paris pittoresque. 1842. 2 vol. in-4, br.

731. Sur Paris. Anciens monuments. — Bains publ. — Hospice
des Quinze-Vingts. — Des trottoirs. — Histoire du Palais-
Royal. — Des embell. — Sur la Sorbonne. — Sur les en-
ceintes. — Sur l'hôtel de ville; l'hôtel de Cluny. — Catal.
sur l'histoire de Paris, etc. Ens., 20 vol. et broch. in-8.
(Cur.)

Arrêts. — Coutumes. — Procès. — Plaidoyers. — Droits seigneuriaux. — Matières féodales. — Archives. — Noblesse. — Blasons et biographie, ayant rapport et touchant l'histoire des provinces et villes de France, princ. sur la Provence.

732. **Arrêts** notables de la cour du parlement de Provence. PARIS, 1750. In-fol., rel. v.

733. Arrêts du parlement de Provence, p. Catalan, p. Bonnet Videl ; Comm. sur les statuts de Provence, par Julien ; Journaux ; Maximes du palais de Toulouse et de Provence ; Matières féodales répub. ; d'Arles, etc. Ens., 35 vol. in-4 et in-8.

734. **Boniface** (de). Arrêts du parlement de Provence. LYON, 1689. 5 vol. in-fol. v.

735. **Bouis** (L.). La royalle couronne des rois d'Arles. AVIGNON, J. Bramereau. 1641. In-4, vel., portraits.

736. **Boutaric** (de). Traité des droits seigneuriaux et des matières féodales. TOULOUSE, 1751. In-4, rel. v.

737. **Colombi et Pellicot.** Histoire de Manosque, apt. 1808. In-8, br.

738. **Coutumes.** Agrégation des coustumes, contenant ce qui s'ensuit. — Coustumes générales de la prévosté de Monstroeul de la comté de Boulenois, de Guisnes, de Saint-Pol, de Saint-Omer, de Hesdin, d'Aire, de Thérouanne et de toute la comté d'Artois. S. d. (imprimé à Paris par Guillaume Eustace). In-4, v, goth. franc.

739. **Magnier** (de). Histoire de la principale noblesse de Provence, tirée des Chartres et anc. titres des archives, et un traité de chaque espèce de noblesse, des armoiries, couronnes, etc. AIX, 1719. In-4, rel. v.

740. Dictionnaire de la Provence et du comté Venaissin, cont. l'histoire des hommes illustres de la Provence. MARSEILLE, 1787. 2 vol. in-4, v.

741. **Du Pineau** (G.). Observ. sur aucuns art. de la coutume d'Anjou. ANGERS, 1644. In-fol., fr. gr.

742. **État** de la Provence et de la noblesse, avec les armes de chaque famille. PARIS, 1693. 3 vol. in-12, rel. v., fig. (Bel exempl.)

743. Examen des nouveaux écrits de la Provence. PARIS, Vincent, 1768. In-4, br.

744. **Fabre** (P.). Panégyrique de la ville d'Arles. ARLES, 1743. In-8, cart.

745. **Henry** (J.). Rec. sur la géographie ancienne et les antiquités du département des Basses-Alpes. FORCALQUIER, 1818. In-8, br., fig.

746. Hist. du Berry, p. Chaumeau. — Chroniq. de Champagne. — Hist. de Montauban. — Descrip. de la France. Ens., 15 vol. et br. diff. form.

747. Jurisprudence sur les matières féodales et les droits seigneuriaux. AVIGNON, 1773. 2 vol. in-8, v. m.

748. **Laplane** (de). Histoire municipale de la ville de Sisteron. PARIS, Paulin, 1840. Gr. in-8, br., fig. (2 exempl.)

749. **Le Grand d'Aussy.** Voyage d'Auvergne. PARIS, 1738. In-8, rel., fig.

750. **Liste** de MM. les chevaliers chapelains conventuels et servants d'armes, de Provence, Auvergne et France. MALTE, 1787. In-8, br.

751. **Le Moine.** Diplomatique-pratique des archives et trésors de Chartres. METZ. 1765. In-4, v., fig.

752. Les coustumes du pays et duché de Nivernois, avec annotations et comment. de Me Guy Coquille, sieur de Romenay. PARIS, 1635. In-4, v., av. notes marg.

753. **Mémoires divers** et procès de la Provence. 1760-80. 4 vol. in-4, rel. v.

754. **Masse** (L.). Statuts et coustumes du pays de Provence. AIX, 1625. In-4, parchemin, avec notes marg., titre refait.

755. Mémoires, procès, plaidoyers, sur le droit civil et criminel, touchant les seigneurs, la noblesse, droits féodaux, principalement sur la Provence. Environ 1,400 pièces réunies en 24 vol. in-fol. et in-4, quelques pièces manuscrites. Curieux. (1650 à 1782.)

756. Mémoires pour servir à l'histoire de plusieurs hommes de Provence. PARIS, 1752. In-12, v.

757. **Morgues** (Jacq.). Les statuts et coustumes du pays de Provence. AIX, Ch. David, 1658. In-4, v. (Fatig.)

758. — Les statuts et coustumes du pays de Provence. AIX, E. David, 1642. In-4, parchemin, quant. de notes marg.

759. **Nismes** et Marseille et autres broch. Ens., une liasse.

760. **Nismes**. Son histoire, ses *antiquités*, ses *environs*. Hist. naturelle. Les protestants et leurs persécuteurs. Ens., 8 vol. et br. in-8, fig.

761. **Nostradamus** (Cæsar). Hist. et chronique de Provence, où passent de temps en temps et en bel ordre, les anciens poëtes, personnages et familles illustres qui ont fleuri depuis VC ans oultre pl. Races de France, etc. Lyon, 1614, in-fol., v. ports.

762. Notice du parlement de Provence et des officiers qui y ont été reçus dep. son inst. jusq. à prés. avec une table alphabétique des officiers de la cour roy. des maîtres rat. et de la cour des comp., aid. et finan. de Provence. 1400-1787. In-fol., dem.-rel. (Manuscrit curieux.)

763. Observations sur quelques coutumes et usages de Provence, réunis en un vol. In-4, dem.-rel. cart.

764. **Odde** (Cl. de Triors). Les joyeuses recherches de la langue tolosaine. Paris, Jannet, 1847. In-8, br.

765. **Peyrottes**. Las fadechailhas del taralie. Montpellier. L'escoumesso, conte. Recueï dé cansouns patoisons. Arles. Voyage à Paris, etc. Avignon. L'Anje de Caritat. Toulouse. Cansou noubello. Ens., 8 br. cart. diff. form.

766. **Piganiol de la Force**. Description de la France. Paris, 1732. 2 vol. in-12, v. br. (plans et cartes), (tom. 3-4).

768. Plans et vues perspectives du château de Versailles. Gr. in-fol., dem.-rel., dos et coins, m. rouge.

769. **Pitton** (J. Schol.). Histoire de la ville d'Aix, capitale de la Provence. Aix, Ch. David, 1666. In-fol., rel. v., fig.

770. **Procez** de la ville de Nismes. Homélie des désordres des trois ordres de cette monarchie. — *Id.* Des trois simonies. — Manifeste de ce qui se passa aux estats généraux entre le clergé et le tiers estat. — Discours des parivres et faux serments. — Conversion du capitaine de la Briere alenconnois. 1613-23, réun. en un vol. in-8, rel. (curieux), fatig.

771. **Roux**. Observations polémiques sur les coutumes de Provence. Aix, G. Mouret, 1817. In-4, dem.-rel. n. rog.

772. **Ruffi** (Antoine de). Histoire de la ville de Marseille, enrichie d'inscriptions, sceaux, monnoies, etc. Marseille, H. Martel, 1696, 2 tom. en un vol. in-folio, rel. v., fig.

773. **Smyttere** (de). Topographie de la ville et les environs de Cassel. Lille, 1833, in-8, br.

774. **Statuts** de la cité d'Avignon, avec la convention d'icelle. Avignon, 1698. In-4, v.

775. **Thoron** (Ant. de). Arrests notables de la cour de parlement de Provence. Aix, 1595. 2 vol. in-fol., rel. v. (Manuscrit.)

776. **Vatout** (J.) Souvenirs. — Château de Compiègne. Paris. In-8, br.

777. Colonies françaises. — Notices statist. Paris, imp. roy., 1839. 2 vol. in-8, dem.-rel. v.

778. Sahara algérien (le). Paris, Langlois, 1845. Gr. in-8, br.

Histoire étrangère.

779. **Bentivoglio** (Card.). Historia delle guerra di Fiandra descritta. Venetia, 1661. In-4, vél.

780. **Blanc.** Histoire de Bavière. Paris, 1680. 4 vol. in-12, rel. m. r., fil., tr. dor., fig.

781. **Bruti** (J.-M.). Hist. Fiorent. Venet., 1764. In-4, d.-r., vel., fig.

782. **Castelnau** (G. de). Essai sur l'hist. anc. et mod. de la Nouv. Russie. Paris, Rey, 1820. 2 vol. in-8, br., fig. et cartes.

783. **Conestaggio** (Jéron.). Historia delle guerre della Germania inferiore. Coloniæ, pressa Assurgo, 1634. In-8. r. m. r., tr. dor., fil.

784. **Coustelier.** Sur l'émancipation de Saint-Domingue. — *Item*. Huc et de Chazelles, De l'émancipation. Port-Royal (Martinique). Ensemble, 2 vol. in-8, dem.-rel.

785. **Czynski** (J.). Russie pittoresque, histoire et tableau de la Russie. Paris, Pilout. In-4, br., fig.

786. **Flégier.** Sur le royaume des Lombards en Italie. — Brochures sur diverses questions de philologie, histoire et géographie. Ens., 27 broch.

787. **Guicciardin** (Franç.). Hist. des guerres d'Italie, trad. p. Chomedey. Paris, J. Kerver, 1577. In-fol. v.

788. **Haller** (G.-M.). Les Alpes. Berne, 1795. In-4, fig. mar. rouge, dentelle. (Bel ex.)

789. Hist. d'Amérique, d'Allemagne, du comté de Modène, Conquête de l'Angleterre, p. Thiery. Ens., 15 vol. et br., diff. form.

790. **Ibn. Khaldoun**. Hist. des Berbères. PARIS, 1852. Gr. in-8, dem.-rel.

791. **Laet** (Jean de). Description des Indes Occidentales. LEYDE, chez les Elseviers, 1640. In-folio, rel. v., fig. et cart.

792. **Laval** (P.). Voyage de la Louisiane. LYON, 1720. In-4, rel. v. (cartes).

793. **Llorente** (J.-A.). Œuvres de dom Barthélemi de Las Casas, défenseur de la liberté des naturels de l'Amérique, précédées de sa vie. PARIS, 1822. In-8, br., fig.

794. **Marlès** (De). Hist. de la domination des Arabes et des Maures en Espagne. PARIS, Eymery, 1825. 3 vol. in-8, br.

795. **Minadoi** (Th.) Historia della guerra fra Turch. e Pers. VEN., 1594. — Demetrius Cantimis (S. A. S.). Histoire de l'empire ottoman, trad. par de Joncquières. Ens., 2 vol. in-4, rel. v. et vel.

796. **Orléans** (Le P. d'). Hist. des révolutions d'Angleterre. LA HAYE, 1729. 3 tom. réunis en in-4, v., fig.

797. Le même. PARIS, 1795. 6 vol. in-8, dem.-rel.

798. Ouvrages hist., pol., écon., sur l'Amérique, text. ang. NEW-YORK, 1839. In-8, d.-rel.

799. **Parlement** (Le Long) et ses crimes. Rapprochements faciles à faire. PARIS, 1790. In-8, dem.-rel.

800. **Posselts**. Histoire d'Allemagne (Geschichte der Deutschin, füralle Stande. HAMBOURG, 1808. 3 vol. in-8, dem.-rel.

801. **Pauli Diaconi**. Liber de origine actuque Getarum. S. d. In-fol., vél.

802. **Robertson**. Histoire de l'Amérique. PARIS, 1768. 2 vol. in-4, rel. v., pl.

803. **Romani**. Nella grecia. — Fede dei reformati. — La confessione. — Progresso di peccato. — La cetra italiana. — Plan de Vienne (Autriche). — Giuoco del lotto. Ens., 13 br. in-8 et in-12.

804. **Schœlcher**. Colonies étrangères et Haïti. Résultats de l'ém. ang. PARIS, Pagnerre, 1843. 2 vol. in-8, br. cart.

805. **Spon**. Histoire de Genève, augmentée de notes, etc. GENÈVE, 1730. 2 vol. in-4, v.

806. Sur la traite des noirs, etc. Ens., 50 br. dans un cart.

807. **Triulzi** (Cam. Paltrin.). Le illustre Camille italiane. Verona, P. Bisesti, 1818. In-8, cart.

808. **Vattier** (P.). Histoire mahométane ou les 49 chalifes du
Macine. Paris, 1657-58. In-4, rel. v. — *Id.* Histoire de Ta-
merlan, etc.

809. **Veiras**. Histoire des Sevarambes, peup. qui hab. la terre
Australe. Amsterdam, 1702. 2 vol. in-12, rel. vel., fig.

810. **Verona illustrata** (cont. l'hist. d. cit. à ins. d. Ant. Ve-
nezia). Verona, 1732. 3 vol. in-8, dem.-rel. fig.

811. **Vigenere** (Bl. de). Hist. des Turcs. Paris, 1577. In-fol., v.,
fig. (m. le titre).

812. **Watson** (Rob.). History of Philif the second, King of
Spain. — *It.* of Philip the third, etc.; Basil., 1782. Ens.
5 vol. br.

813. **Zallony** (P.). Essai sur les fanariotes. Marseille, 1824.
In-8, br.

*Paralipomènes historiques. — Histoire de la Chevale-
rie et de la Noblesse. — Archéologie. — Numismatique, etc.*

814. Almanach généalogique, etc. Paris, 1749. In-32, rel. m.
(Aux armes.)

815. **Beaufort** (de). Recueil concernant le tribunal de noss. les
maréchaux de France. Paris, 1784. 2 vol. in-8, rel.
v. m.

816. **Chérin** (N.-Habr.) Chronologique d'édits, etc., concernant
le fait de la noblesse. Paris, 1788. In-12, br.

817. Connaissance des pavillons ou bannières des nations. La
Haye, 1737. In-4, v. (Planches.)

818. **De Luca** (Batt.). Il cavaliere e la Dama. Romæ, 1675.
In-4, vel.

819. **La Légion d'honneur**. Monument national élevé à toutes
les gloires, contenant quantité de biographies curieuses.
Paris, 1861. Gr. in-4, br. (20 Exemplaires.)

820. **Lievyns, Verdot** et **Bégat**. Fastes de la Légion d'honneur. Paris, 1842. In-4, dem.-rel.

821. **Livre doré** de l'Hôtel-de-Ville de Nantes (1752). In-12, v.
(Blasons.)

822. **Madriano** (don Garcia de). el Licenciado. Copilacion de las leyes capitulares de la Orden de la cavalleria de Santiago del Espada. VALLADOLID, 1605. In-fol., fig., dos de vél.

823. **Maffei** (Sc.). Scienza. Cavalleresca. — Mutio (J.). Il Duello e rispos. cavaller. VINCY, 1560. Ens. 2 vol. in-8, vel.

824. **Pietro de Crescenzi**. Il Nobile romano, o sia trattato di nobiltà. BOLOGNA, 1693. In-fol., cart., n. rog.

825. **Puteo** (de). duello. — Attendoli (M. D.)., il duello. — Lucchesi (C.). Osame del. onor. cavalleresco. Ens. 3 vol. r. v. et vel.

826. **Sansouĩo** (M. Fr.) Della origine de' cavalieri. VINEGIA, pr. Alt. Salicato, 1583. In-8, rel. vel.

827. **Tassi** (i due moderni) (Herc. et Torquat.). Dello ammogliarsi piacevole. — Contesa. — In BERGAMO, Com. Ventura, 1585. — Relazione dell. horrendo terremoto. ROMA E NAPOLI, febraro 1703. — Epistolæ selectæ clar virorum. PARISIIS, ex bibliot. Aldinâ, 1556. Ens. 3 vol. in-4 et in-12, cart. et br.

---

828. Collection d'antiquités recueillies par C.-L.-F. Panckoucke. PARIS, 1841. In-4, dem.-rel.

829. **Grœvius** (Jo. Georg.). Thesaurus antiquitatum romanarum. VENETIIS, 1732. 12 vol. in-fol., rel. vel. (exemplaire en grand papier).

830. **Massazza** (P.-A.). L'arco di Suza, 1750. In-fol., cart., fig.

831. **Ordonnances** du roi sur les monnaies, depuis l'an 1539 à l'an 1596, contenant les fig. et descr. des pièces d'or, d'argent, de billon, tant françaises qu'étrangères en grandes quantités. Ens., 43 pièces, éd. PARIS, réun. en un fort vol. in-8, rel. vel. (légères piqûres de vers). D. une pièce imp. en caractère goth. français.

832. **Poleno** (J.). Utriusque thesauri antiquit. Rom. et Grœc. supplem. VENETIIS, 1737. 5 vol. in-fol, rel. vel., fig.

833. **Sallengre** (Albertus-Henric de). Novus thesaurus antiquitatum romanarum. VENETIIS, 1735, 3 vol. in-fol. vél. (exemplaire en grand papier).

Histoire littéraire. — Biographie et bibliographie.

834. **Charpentier de Saint-Prest** (J.-P.). Essai sur l'hist. littér. du moyen âge. PARIS, 1833. In-8, dem.-rel.

835. Histoire littéraire. — Glossaire pour la lecture des œuvres de Marot. — De la poésie au moyen âge. — De la poésie lyrique. — Poésie orientale. — Observations sur le Génie du christianisme, etc. Ens., 25 br. in-8.

836. **Marmier** (X.). Lettres sur le nord. PARIS, 1845. 2 vol. in-12, dem.-rel. v., fig.

837. **Millot**. Histoire littéraire des troubadours. PARIS, Durand, 1774. 3 vol. in-12, v.

838. **Portefeuille** d'un troubadour, suivi d'une lettre à M. Grosley, sur les Trouvères et autres pièces. MARSEILLE, 1782. In-8, v.

839. **Sabatier,** de Castres. Dictionnaire de littérature. PARIS, 1760. 3 vol. in-8, rel. veau marbre, fil., tr. dor.

---

840. Abélard et Héloïse, Boileau, Racine, Suger, Voltaire, Eloges, etc. Ens., 12 vol. et br. in-8.

841. **Allard-Guy**. Les ayeuiles de Son Altesse Marie-Adelaïde de Savoye, duchesse de Bourgogne. PARIS, 1698. In-12, v.

842. **Amirault** (M.). Vie de François de la Nouë, dit Bras de Fer. LEYDE, Elsevier, 1661. In-4, rel. v.

843. Biographie. — Hist. étrangère. — De la Hollande. — Hist. de Chine. — Mém. sur la cour d'Espagne. Ens., 250 vol., rel. et br., diff. form.

844. Biographie. Portraits de nos grands hommes : La Fontaine, Boileau, Thomas, Voltaire, etc. Ens., 8 vol. rel. et b., diff. form.

845. **Bondinellius** (P.). Cornelii Scipionis Œmiliani Africani minoris vita. FLORENT., 1549. In-8, dem.-rel., vel.

846. **Choisy** (l'abbé de). La vie de saint Louis. PARIS, 1689. In-4, rel. v.

847. Dictionnaire biographique orné de portraits. PARIS, 2 vol. in-8, br.

848 Dictionnaire historique de tous les hommes, etc. CAEN,
   1786. 9 vol. in-8, rel. v.

849. **Du Puy** (Pierre). Hist. des plus illustres favoris, anciens et
   modernes. LEYDE, J. Elsevier, 1619.

850. **Hue** (Fr.) Dernières années de Louis XVI. PARIS, Michaud,
   1816. In-8, br., port.

851. **Marchéty**. La Vie de M. Chasteuil, solitaire du mont Liban.
   1 vol. in-12, r. v., port.

852. **Montaigne**. Une lettre inédite, Éloge. Ens., 3 vol. et br. in-8.

853. **Moréri**. Le grand Dictionnaire de l'hist. sacrée et profane.
   PARIS, 1725. 6 vol. in-fol., rel. v.

854. **Noël**. Dictionnaire historique des personnages célèbres de
   l'antiquité. PARIS, 1824. In-8, rel. v., fil.

855. **Plutarchi** vitæ, tradotte per B.-A. Jaconello. VENET., 1518.
   In-4, dem.-rel., fig. sur bois.

856. **Richer**. Vie de Corneille Tromp., Mémoires du maréchal
   de Bassompierre, Vie de Jean d'Estrées, Vie de Charles V.
   duc de Lorraine, etc. Ens., 11 vol. in-8 et in-12, rel.

857. **Scudéry**. Les Femmes illustres ou les Harangues héroï-
   ques, avec les véritables portraits de ces héroïnes. PARIS,
   1644. In-4, v. br.

858. **Taschereau** (J.) Histoire de la vie et des ouvrages de Molière. 1 vol. in-8, br., port.

859. Vie de J.-A. de Rancé, ab. de la Trappe, de Fénelon, du P.
   Brindini, du P. T. de La Flèche, de Benoît XIV, de Clé-
   ment XIV. Ens., 7 vol. in-12, r. v., port.

860. **Villefort** (de). Vie de Mme la duchesse de Longueville.
   PARIS, 1738. In-12, v. (Marque d'imprimeur.)

---

861 Bibliographie d'une nouv. édition du roman de la Rose, Sur
   l'imprimerie et la librairie, Travaux de Quérard, Nouv.
   recherches bibl. p. serv. de supp. au Manuel de Brunet,
   Catalogue de livres, manuscrit in-4, etc. Ens., 15 vol.
   et br.

862. **Bonardot**. De la réparation des anc. reliures. PARIS, Castel,
   1858. Plus, deux broch. concernant M. Libri. Ens., 3 broch.

863. Bulletin du bouquiniste, du 1er janvier 1857 au 15 avril 1862.
   130 num. in-8, br.

864. Conseils pour former une bibliothèque. BERLIN, 1766. In-12, rel. v.

865. De la bibliomanie. LA HAYE, 1761. In-8, br.

Autographes.

866. **Carel** (L., Aut. signalar ὰ les journaux de l'opposition, parlant des rassemblements du 25 août et sollicitant le grade de colonel, afin de prouver ses sentiments pour le roi. 26 août 1830.

867. Ducroc, Jourdan, Lery, Morier, Estourmel, Moncey, Murand, etc. 17 pièces. (Curieux.)

868. Gaimard, Paru, Chauvet, Rabbé, Clausel, de Montals, L. Cour, Coquereau, Mme Dupin, Peisse, A. Belin, Bert, etc. 1825-40. 15 pièces. (Curieux.)

869. **Médecins**. Boyer, Duportal, Gaudichard, Marjolin, Missa, Magendy, Landré, Beauvais. 7 pièces.

870. Militaires. A. Defeux, officier de la grande armée, trois lett. aut., dans une desquelles il rend compte de la bataille d'Austerlitz et parle de l'emper. dans des termes très-chaleureux. Constatation de sa mort. 1806-10. 4 pièces. (Curieux.)

871. — Magnan (simple capitaine), Moncey, Saint-Marsault, Janin, Beltavenne, etc. 1813-42. 28 pièces. (Curieux.)

872. **Molière**. Découverte d'un autographe. PARIS, Tresse, 1840. In-8, br., fac-sim. (12 exemplaires.)

873. **Révolution**. Barras, Lebrun, Isabeau, Laurent, Guérin, Fouché, Laporte, Albitte, ordonnances et journaux. 21 pièces. (Curieux.)

Mélanges. — Revues. — Journaux de 1848, etc.

874. Album de papier blanc. In-fol., rel. m., gaufré.

875. Chamber's journal. — Of pop. Litt., scien. and art. 23 cahiers. 1854-56. — *Id.* Edinburgh journal, an. 1853. 12 cahiers. — The mirror of Litt. am. and inst. Tom. 35 et 37. 1840-41. — A Weekly journal by Ch. dickens. Ens., 38 vol. in-8, br.

876. **Illustration**, journal universel, de 1849 à 1860 (manquent quelques numéros). Ens., 12 vol. in-4, en ff

877. Le Conservateur, 1818 à 1820. — *It.* Biographie des 900 représentants à la constituante, 1849. Ens., 14 vol. et broch.

878. **Peuple** (le). 206 numéros, 1848-1849. In-fol., dem.-rel.

879. **Peuple** (le). 206 numéros (1848-1849).— La voix du peuple.
223 numéros (1849-1850).— Le peuple, de 1850. 33 numéros (1850). 4 vol. in-fol., dem.-rel.

880. **Presse** (la). Collection des numéros du 25 février 1848 au 27
février 1849, et diff. numéros de diff. journaux complétant
les lacunes, et allant au 31 décembre 1849. 2 vol. in-fol.
dem.-rel.

881. **Revue britannique**, ou choix d'articles traduits des meil-
leurs écrits périodiques de la Grande-Bretagne. PARIS,
1825-39. Ensemble, les troisièmes séries, 60 vol. in-8,
dem.-rel.; 3 vol. in-8, br., les tables analytiques et les
années 1836-39 en livr.

882. **Revue comique**. PARIS, Dumineray, 1848-1849. In-4, m.,
fil., tr. dor., fig. (Tome 1ᵉʳ manq.) 3 couv.

883. **Revue des Deux Mondes** britannique. — Des chartes.
— Journal asiatique. Env. 150 vol. et broch. in-8.

884. **Mélanges** d'ouvrages de théologie, de jurisprudence, de
philosophie, morale, économie politique, de botanique, histoire naturelle, sur les beaux-arts, linguistiques, auteurs
grecs et latins, romans, contes, géographie, d'histoire ancienne et moderne, voyages, etc. 1,200 volumes, qui seront vendus en lot à la fin du Catalogue.

SUPPLÉMENT.

885. **Biblia sacra** cum universis franc. vatubli. PARISIIS, 1729.
2 vol. in-fol., rel. v.

886. — Vulgatæ editionis. LUT.-PARISIOR., 1618. In-4, rel. v.,
fr. gr.

887. **Bonifacii** (Pontifi.) Sextus decretalium liber. PARISIIS, ex
officinâ Cl. Chevallonii, 1537. In-8, rel. v. avec marque
de l'imprim. et lettres ornées.

888. **Ostervald** (J.-F.). La sainte Bible qui contient le Vieux et
le Nouveau Testament, etc. AMSTERDAM, Chatelain, s. d.
In-folio, rel. v., planches.

889. **Legenda Aurea** Sanctor. quæ Lomb. hist. notatur, compil.
per fratr. Jac. de Voragine, native Januen, ord. Fratr.

prædicatorum, etc. Anno MCCCCXCIIJ, die XIII may. In-4, r. v. Aux armes, imp., caract. gothiques.

890. — Sanctorum quæ Lomb. histor. nominatur, compilat. per fratres Jacobum de Voragine nat. Januen, ordinis Fratrum prædicatorum, etc. Impressa LUGDUNI, per Johannem de Vingle; expensis ver. Jacobi Huguetan, an. MCCCCCVII, die x octobr. In-4, r. v. Aux armes, caract. goth., lettres ornées, fig.

891. **Domat**. Les lois civiles, etc. 2 tomes en in-folio, v.

892. **Terasson**. Histoire de la jurisprudence romaine, etc. PARIS, 1750. In-folio, rel. v.

893. **Fontani** de morborum curatione. LUGDUNI, 1560. In-8, rel.

894. **Hippocratis** coil. opera quæ apud nos extant omnia, per J. Cornarium, latinâ linguâ conscripta. PARISIIS, C. Guillaris et J. Dusbois, 1546. 2 vol. in-8, vel. (bel exemp.).

895. **Rondelatius** (G.). Methodus curandarum omnium morborum corporis humani. PARISIIS, 1575. Fort in-8, r. v. (Manquent à la table 6 feuillets qui sont manuscrits.)

896. **Willis**. Opera omnia cum elenchis rerum et indicibus necessariis ut et multis figuris Oeneis. LUGDUNI, 1681. 2 vol. in-4, rel. v., port et pl.

897. **Calepini Ambrosii**. Dictionarium. LUGDUNI, Philipi Borde, 1663. 2 vol. in-folio, rel. vel.

898. **Scapulæ** (Joan). Lexicon græco-latinum cum indicibus; additum auctarium dialectorum; accedunt Lexicon etymologicum, etc. AMSTELAEDAMI, Ludovicum Elzevirium, 1652. In-fol., v.

899. **Aristotelis** opera. LUGDUNI, apud J.-J. Juntæ F., 1579-80. 7 vol. in-16, rel. v. ferm.

900. **Ciceronis** (M.-T.) Opera omnia quæ exstant a Dionys. LUGDUNI, apud Petrum Santandreanum, 1678. 2 tom. in-fol., rel. v.

901. **Cornelii** (P.) Taciti equitis ro. ab exussu Augusti annalium libri sedecim. LUGDUNI, apud Seb, Gryphium, 1542. In-8 (rel ancien.).

902. **Isocratis** Scripta omnia. BASILEÆ, per (J.) Oporinum, 1558. In-8, rel. vel. (grec, latin).

903. — scripta omnia, grœco latina; annot. BASILEÆ, ex off. Oporin., 1570. In-fol., rel. v., aux armes.

904. **Terentii** (Pub.) Aphri. comœdiœ sex. ab Ant. Govean. int. suæ rest. LUGDUNI, ap. Seb Gryphium, 1541. In-4, rel. v

905. **Titi Lucretii** cari de rerum natura libri sex. LONDINI, Jacobi Conson, 1712. In-4, v., fig.

906. **Vossii** (J.-G.) Ars historica, opuscula et epistolæ ; de orig. ac prog. idolatriæ, etc. ; de arte grammatica, etc. ; tract. theologiæ, de rhetorica, de poëtica et art. et scienc. nat. et const. AMSTELODAMI, Petit-Blœu, 1697. 5 vol. in-fol., rel. vel. (bel exempl.).

907. **Dubois Fontanelle** (J.). Cours de belles-lettres. PARIS, Dufour, 1813. 4 vol. in-8, br.

908. **Montesquieu** (Œuvres complètes). PARIS, Lefevre, 1818. 5 vol. in-8., br.., portr.

909. **Voltaire**, la Henriade, poëme. De l'imp. littéraire, 1789. In-4. rel. v., fil., fig. de Moreau jeune (bel exempl.

910. Atlas de cartes géographiques de Sanson père et fils, cont. quantité de pl. sur les provinces de France et d'Europe, et plus de 400 cartes color., en 3 vol. gr. in-fol., cart.

911. **Bruce (J.).** Voyage aux sources du Nil, en Nubie et en Abyssinie, de 1768 à 72. PARIS, 1790. 10 vol. in-8 et un atlas, gr. in-4, dem.-rel.

912. **Andilly** (A. d'). Histoire des Juifs, écrite par Flavius Joseph, sous le titre de : Antiquitez judaïques. PARIS, 1667. In-fol., rel. v.

913. **Cassiodori** (M.-A.) Variarum libri XII. VENETIIS, 1533, In-fol., rel. v.

914. **Sabellici** (M.-A. Locci). Rapsod. hist. ab orbe condito. PARRHISIIS, Ascensio, 1504-13, av. lettres ornées. 2 vol. in-fol. rel. v., fr., gr., caract. goth., avec marque d'imprimeur de Jehan Petit (bel exempl.).

915. **Davila** (H.-C.). Histoire des guerres civiles de France. PARIS, Rocolet, 1657. 2 vol. in-fol., rel. v. m., fil., fig sur bois, aux armes.

916. **Histoire** de François Ier, m. s. Fort in-fol. (1150 pages), rel. v. (curieux et bien conservé).

917. **Mocgini** (G.-A.). Italia data in Luce da suo figlio. BONONIÆ, 1620. In-fol., vel., fr. gr., portr., cart. (mouillé).

918. **Mélanges.** Entretien sur la pluralité des mondes. — Poesie del signor Abate Pietro Metastasio. — Bible de Royaumont. — Grammaire allemande. — Les mœurs, la religion vengée, etc. Ens., 60 vol., diff. formats, rel. et br.

1397. — Paris, Imp. de Ch. Bonnet et Comp., 42, rue Vavin.

TABLE DES DIVISIONS

Théologie.

Écriture sainte, Liturgie, Conciles, SS. Pères, etc. . . . . de 1 — 36
Mélanges. . . . . 37 — 44

Jurisprudence.

Droit de la nature et des gens, — politique, — civil, — criminel, — français, — maritime , — étranger, — canon ou ecclésiastique,—Mélanges , etc. . . . . 45—141
Ordonnances, Coutumes, Lois , Arrêts, Causes célébres, Plaidoyers, Mémoires, etc. . . . . 142—164

Sciences et Arts.

Philosophie, Logique, Métaphysique , etc. . . . . . 165—188
Mélanges, Morale, Politique, Economie, etc. . . . . 189—230
Sciences naturelles, Botanique, Histoire naturelle , Agriculture, Mélanges. . . . . 231—248
Sciences médicales . , ... 249—266
Sciences, Mathématiques, Mécanique, Astronomie, Marine, Art militaire, etc. . . . . 267—288
Appendice aux Sciences, Mélanges . . . . 289—295
Arts, Beaux-Arts, Peinture, Estampes, Tapisseries, Albums et ouvrages à figures , Costumes, Arts et Métiers, Catalogues , etc. . . . . 296—356
Architecture, Travaux, Plans et Cartes. . . . . . 357—367
Musique et Chasse. . . . . 368—577

Belles-Lettres.

Linguistique, Poëtes et Auteurs grecs et latins, Mélanges. 378—423
Poëtes français et étrangers, etc. . . . . 424—476
Histoire, Poëtes, Recueils, Piéces et Mélanges sur le Théâtre . . . . 477—503
Fictions en prose, Romans, Contes, Philologie, Dialogues et Entretiens, Epistolaires, Polygraphes, Mélanges. . 504—561

Histoire.

Géographie, Voyages, etc. . . . . 562—588
Histoire des religions et des superstitions, Mélanges, etc. 589—637
Histoire universelle ancienne et moderne, etc. . . . . 638—659
Histoire de France générale et particuliére sous chaque régne, Mélanges . . . . 660—704
Mémoires et Mélanges historiques . . . . 703—725
Histoire de Paris. . . . . 724—731
Arrêts, Coutumes, Procés, Plaidoyers, Droits seigneuriaux, Matiéres féodales, Archives, Noblesse , Blasons et Biographie ayant rapport et touchant l'histoire des Provinces et villes de France, principalement sur la Provence. 732—778
Histoire étrangère. . . . . 779—813
Paralipoménes historiques, Histoire de la Chevalerie et de la Noblesse, Archéologie, Numismatique . . . . . 814—833
Histoire littéraire, Biographie et Bibliographie . . . . 834—865

Autographes. 866—873

Mélanges, Revues, Journaux de 1848, et Supplément . . 874—à la fin.